# Caína Libertad

Inspiradora y reflexiva

(2da. Edición)

Mary Jeanne Sánchez

Copyright © 2020 2da Edición Mary Jeanne Sánchez

Todos los derechos reservados

Los personajes y eventos descritos en este libro son ficticios. Cualquier similitud con personas reales, vivas o muertas, es una coincidencia y no es la intención del autor.

Ninguna parte de este libro puede ser reproducida, almacenada en un sistema de recuperación o transmitida en cualquier forma o por cualquier medio, electrónico, mecánico, fotocopiado, grabación o de otro modo, sin el permiso expreso por escrito del editor.

ISBN: 9798685333353

# ÍNDICE

Agradecimientos

Nota de la autora

| | | |
|---|---|---|
| 1 | El nacimiento de Caína | 9 |
| 2 | La infancia de Caína | 21 |
| 3 | Visitas inesperadas | 28 |
| 4 | El romance | 35 |
| 5 | El día más triste de Caína Libertad | 45 |
| 6 | La desaparición | 49 |
| 7 | El pacto | 56 |
| 8 | El encuentro entre Caína y Amanon | 63 |
| 9 | El retorno de Caína | 80 |
| 10 | Un barco atraca en Kavec | 87 |
| 11 | La reconstrucción | 96 |
| 12 | El relato de las piedras | 106 |
| | Epílogo | 108 |

## AGRADECIMIENTOS

A Dios, sobre todas las cosas.

A mi esposo Pascual Manzi y a mis tres hijos: Andrea, Pascual y Francesca, las luciérnagas de mi jardín.

A mis hermanos en fe, Juan Marrufo y Raiza González, quienes me mostraron este camino cuando más lo necesitaba.

A Holanda Vásquez, por ayudarme a crecer por medio de su casa de oración.

A mi madre, ejemplo de vida y fortaleza en todos los momentos difíciles.

Al grupo de encuentro de esposos liderado por el padre Nicola de la Iglesia Corazón de Jesús de Agropolis, Italia.

A mis hermanos en la fe, Dina y Nino.

A Don Gerardo Bonora, y su grupo de oración en la iglesia de Prignano Cilento Iia.

# NOTA DE LA AUTORA

Estimado lector, estimada lectora:

Antes que comience esta lectura, se me hace preciso hacer una pequeña advertencia: esta historia que usted tiene en sus manos, es, a lo sumo, un entramado de tiempos y culturas. Caína Libertad nace de una composición híbrida entre la cultura del pueblo originario de las antiguas mesetas guayanesas venezolanas y los fundamentos cristianos del pueblo hebreo. Con la intención de acompañar a Caína en su recorrido como metáfora de la búsqueda de Dios, encontrará asincronías históricas en cuanto a la urdimbre de tratados bíblicos que van tejiendo su discurso interior.

Sin embargo, quise dar un contexto americano a los personajes. Obsequiar a los lectores los paisajes increíbles de la selva amazónica venezolana.

Me era necesario aproximarlos especialmente sus pueblos aboríge-nes, a su lenguaje, a la flora y fauna que dibujan esos asentamientos, a la forma extraordinaria con que ven la vida.

Mi deseo no es otro que compartir con el mundo mi propia admi-ración por estas tierras y, por otro lado, apoyar la idea de que todo está conectado al Creador.

No encontré otra manera de hacerlo que a través de esta historia.

Mary Jeanne Sánchez

# 1
## El nacimiento de Caína

Caína nació una noche oscura y borrascosa a los pies de un tepuy, en un poblado llamado Kavec . El viento batía las palmeras y echaba al suelo las ramas más frágiles de los árboles. A intervalos, cuando arreciaba la tormenta, parecía que la borrasca iba a arrancar los techos de las chozas, el maizal, los pastizales. Fue en medio de aquella ventisca que Maya comenzó a sentir los dolores de parto.

Al principio como un dolor ligero de vientre, después como si los huesos del sacro buscaran abrirse. Atacada por dolores cada vez más acentuados, yendo de un lado a otro de la recámara de barro macizo, Maya anunció a su marido, el Gran Barrikä.

—Es hora —dijo la mujer con voz entrecortada—. Creo que hoy nace esta creatura.

El hombre observó a su esposa, pero en realidad lo abstraían muchos pensamientos. Tras nueve meses de expectación, por fin vería el rostro de su unigénito. «Se llamará Yesec —dijo en voz baja—, como se llama en mi pueblo a un amigo. Su nombre será conocido por todas las comarcas. Será fuerte, imbatible. Defenderá nuestras tierras, vigilará la pureza de nuestra sangre y nuestras costumbres». Todo esto decía el Gran Barrikä como para sí mismo, como si rezara el futuro de su heredero. Su rostro descansaba sobre cierta dulce severidad.

Sin embargo, Maya sabía lo que traía en su vientre, tenía consciencia de que los planes de su marido no saldrían exactamente como lo deseaba. Desde hace meses ha visto en sueños todo lo que vendrá. Ha visitado otro tiempo y otra gente.

Maya caminó lentamente hacia la ventana de la recámara, vio las enormes gotas de lluvia bañando la tierra, el constante resplandor de los truenos que alumbraba la sabana y a lo lejos, metido entre las arboledas más tupidas, la corriente del río. A su perfil lo contorneaba el dolor, opacaba la ternura de sus ojos grandes y negros. Su cuerpo ancho se había preparado para el parto. Cada vez se le hacía más difícil respirar; la frescura de la lluvia solo empeoraba el calor que de pronto le agobiaba. Mechones de pelo se pegaban a sus sienes y mordía su boca carnosa hasta que pasaban las contracciones.

—De mi cuerpo saldrá una hembra —musitó Maya—. Se llamará Caína Libertad. Este nombre se parece a su destino.

Su marido no la escuchó, atento como estaba a sus ensoñaciones.

Cada uno elevaba mantras para el nacimiento. Cantos interiores se reflejaban en sus rostros esperanzados. El Gran Barrikä imaginaba un futuro cacique; y Maya, como ya había sido advertida, veía en su hija una mujer de notable belleza y virtudes que representaría la unión de su pueblo con Dios.

En nueve meses de gestación tuvo tiempo de presentir lo que vendría para la hija que estaba por nacer, asaltada por grandes revelaciones en la misma cama donde daría a luz.

—Lo tendrá todo —pensaba el Gran Barrikä.

—Te llamarán la más hermosa —pensaba Maya.

Los intervalos entre puntada y puntada la dejaban exhausta. No quiso explicar al marido lo que había visto, el futuro de su hija develando un destino difícil de comprender y de narrar. «Tus hijos se expandirán por toda la Tierra —murmuró—». ¿Qué había visto Maya en sueños? ¿Acaso eran mensajeros de Dios preparándola para lo que vendría? Escenas confusas y cruentas en la que sus nietos se mezclaban con otros pueblos y muchos de ellos se rebelaban y luchaban por su libertad. ¿Qué significaban aquellas imágenes que se repitieron cada noche sobre la cama donde despertaba sudorosa y angustiada?

Caminó hasta la cama. Sentada allí, los dolores se mezclaban con aquellas escenas confusas en las que sus nietos menores luchaban contra fuerzas poderosas. Llevó una mano a su corazón: «Muchos de tus hijos serán encarcelados», dijo, como si de alguna manera la niña que pronto nacería pudiera escucharla. «A otros los matarán. Tus mujeres serán violadas. Tu pueblo perecerá y solo la reconciliación con Dios podrá salvarlos».

Saber lo que vendría para su hija la atormentaba. Pero ella quería nacer. Escribir su historia.

Maya tomó su barriga abultada con ambas manos, ya la creatura se había hincado en la parte baja del vientre: «Hija mía —dijo en susurros—: tu gran debilidad será tu corazón. Por amor entregarás tus riquezas. Revelarás tus grandes secretos. Darás origen a la mezcla de otros pueblos, otras creencias. Te olvidarás de tu Dios y pactarás con otros dioses. Traerás como consecuencia tu esclavitud. Pero solo conseguirás tu libertad cuando despiertes y reconozcas que existe solo un Dios verdadero. Tu nombre será grabado en aquella gran montaña donde tu hermosa cabellera descenderá en forma de agua, y aquel que llegue a la cima gritará por todo el mundo tu nombre».

"Guardaos, pues, de olvidar la alianza que Yahveh vuestro Dios ha pactado con vosotros, y de haceros

> alguna escultura o representación de todo lo que Yahveh tu Dios te ha prohibido; porque Yahveh tu Dios es un fuego devorador, un Dios celoso."(Deuteronomio 4,23-24)

A esa altura de la noche, la mujer alumbradora había sido reclamada por el cacique. La había hecho buscar con el indio Auyan. Se trataba de la partera del pueblo, una mujer pequeña y recia que ya rondaba por los sesenta años. Buscarla significaba desafiar la tormenta; atravesar la sabana; enrostrar el río, que en ese instante bramaba con estruendo y surcaba los caños como un espíritu encolerizado. Cauteloso, Auyan le hizo conocer sus temores al cacique: la lluvia y la ventisca podrían impedir que llegaran antes del parto.

—Puede que la crecida del río no me permita pasar —dijo Auyan, un hombre alto y fornido a quien poco le sentaba el temor.

—¿Por qué temes? Todo fluye a un ritmo divino cuando está una luz por nacer —respondió el Gran Barrikä.

Cuando el indio escuchó aquel poderoso decreto se llenó de confianza. Tomó un nuevo ímpetu y corrió a gran velocidad. No era prudente navegar en curiara hasta la casa de la partera, así decidió caminar. Sintió que el viento, en lugar de detenerle, le impulsaba sus pasos.

> "¿Es que no son los ángeles espíritus servidores con la misión de asistir a los que han de heredar la salvación?" (Hebreos 1,14)

La borrasca no arreció. Al contrario, amainó, como si Dios viniera en su auxilio.

Emprendió la travesía de cuarenta minutos por tierra. Tenía los ojos puestos en obedecer la orden del jefe.

Un camino angosto, empantanado, lo condujo a casa de la mujer alumbradora. Luego de una hora de camino, frente a aquella pequeña casa timbrada en la selva, el eco de sus gritos repicaba entre los matorrales.

—Ya estoy lista —dijo la alumbradora. Y era cierto, porque desde hace rato esperaba que vinieran por ella.

Auyan aguardó bajo el techo del vestíbulo exterior sin saber cómo el mensaje había llegado antes que el mensajero. Sus grandes pies habían desaparecido bajo el barro.

—¿Cómo supo que yo venía en camino? —interrogó Auyan mientras la mujer alumbradora lo tomaba del brazo y lo conminaba a atravesar la sabana.

—Cuando se está conectado con el universo —fue la respuesta de la mujer— puedes saber cosas que jamás nadie te ha dicho.

Los truenos constantes alumbraron un camino pedregoso y empantanado. A veces algunas bestias pasaban entre los matorrales orientados por sus dueños. La lluvia menguaba, y la mayor parte de ella se quedaba en la copa de los árboles, que en la oscuridad, parecían gigantes pastores escurriéndose.

Cuando llegaron a casa del Gran Barrikä solo quedaban viejos relámpagos alumbrado los maizales. La alumbradora atravesó el portal; penetró la estancia donde yacía Maya iluminada por el fuego que su marido había propiciado dentro de la pieza.

—Aquí estoy —dijo la mujer.

Maya alivió su angustia de parir sin ayuda. La alumbradora le inspiraba confianza; no era para menos, había visto nacer a toda una generación. Y ahora sería quien diera la bienvenida a su primogénita.

Cuando comenzó el trabajo de parto, la mujer dijo:

—Respira profundo. —La inclinó sobre el catre—. Debes ser fuerte mi niña.

—Esta creatura que traigo al mundo será débil —confesó Maya. El sudor empapaba sus ropas.

El Gran Barrikä, que escuchó el comentario desde la entrada de la cámara, salió al paso con voz estentórea:

—No puede ser débil el hombre que guiará a este pueblo.

Por muy Gran Barrikä que fuere, la alumbradora estaba en sus dominios y lo hizo desalojar la habitación. Al hombre no le quedó más remedio que esperar tras una cortina de tabiques que dejaba pasar los alaridos de su mujer. Algo parecía desgarrarla. Y él no podía hacer nada por ella. Tan solo esperar.

—Puja —ordenó la partera amorosamente, consciente de que el parto estaba resultando muy forzado para la joven esposa.

Maya pujó, una y otra vez, dirigiendo a duras penas sus respiraciones. Inhalaba, pujaba, a un ritmo que superaba sus fuerzas. En cada pujo se le iba la vitalidad.

Minutos después sus carnes se rasgaban, su cadera se separaba. La vida, surgía a la vida.

La partera tiró de la cabeza de una niña que lloró débilmente a mitad de la noche y ahogó el ruido del río y de la lluvia. El llanto de la recién nacida llenó el recinto, la selva, el corazón de Maya, la esperanza del Gran Barrikä.

Entonces descansó del dolor.

Respiró profusamente. La partera ponía a una hermosa niña en sus brazos.

—Se llamará Caína Libertad —dijo Maya sin fuerzas.

Luego la puso sobre su pecho.

—Anünkada —musitó la madre, que en su lengua significa te amo mucho.

Observó a la partera y la tomó del brazo. Sabía que no le quedaba nada de tiempo:

—Dile a Barrikä que este nacimiento traerá tiempos difíciles. Que la ame. Que llegado el momento, sabrá hasta dónde acompañarla.

Dijo esto y otras cosas más, que anunciaban terribles pero restauradoras noticias. Minutos después, la esposa del cacique perdía el aliento. Caía exánime sobre el catre y cerraba sus ojos para siempre. La niña quedó dormida en su pecho como una ranita sobre una hoja de plátano. El ciclo de la vida se cumplía. Su cuerpo había traído a la mujer que conectaría su raza con otro tiempo, a pesar del dolor.

Dicen que el rostro de Maya quedó marcado por las huellas de una profunda angustia.

El silencio se hizo notar en el vestíbulo exterior cuando la partera apareció con la creatura en los brazos. Afuera la esperaba el Gran Barrikä. Lucía un aire triunfante, saturado de esplendor. Su sonrisa iluminaba el recinto. Se había hecho acompañar de ancianos, capitanes y parientes, entre ellos todos sus hermanos.

La sonrisa del cacique fue amplia y generosa. No tardó en contagiar al grupo su felicidad por el nacimiento de Yesec.

La partera atravesó la estancia; como sabía lo que vendría se mostró todavía más solemne:

—Recibe a tu creación. Es la más hermosa de todas las estrellas que hay en el firmamento.

Confundido, el padre avanzó hacia ella, liberó al recién nacido de su manta y descubrió, para su gran sorpresa, que había nacido una niña.

—¡Una hembra! —bramó el cacique.

Cada quien guardó silencio en aquella sala; ni siquiera los sapos en los charcales se atrevieron a interrumpir, sobre todo porque el Gran Barrikä no podía ocultar su decepción. En un gesto brusco y emponzoñado, devolvió a la niña a los brazos de la alumbradora.

—¡Dile a mi mujer que esto no es lo que esperaba!

—Su mujer ha muerto —respondió la partera. Su voz sonó dolida y cortante.

El cacique la observó, sobre todo para saber si el rostro de la mujer contradecía sus palabras. La alumbradora se dejó medir por el hombre. No, no halló nada en aquel semblante que no fuere resignación y pesadumbre. Retrocedió desorientado. Apenas hacía quince minutos había escuchado sus quejidos. Apenas hacía poco había abrazado a Maya.

A esa hora, de la lluvia no quedaba nada en el cielo. Unas gotas constantes se escurrían por la canaleta y caían a las vasijas rebosadas del patio. Nadie quedó en el vestíbulo. La noticia dispersó a los hermanos y los llevó a sus casas donde compartieron la noticia. Las mujeres dieron grandes alaridos de dolor.

Barrikä quedó a solas, acompañado de la partera. Solo ella vio a un hombre que caía en el suelo con el corazón roto.

En todos los lugares escucharon sus sollozos. La montaña entera recibió el grito de un hombre desconsolado. No entendía cómo la vida daba paso a la muerte de forma tan rotunda. Y cómo su esposa dejaba a una niña cuando él, el cacique, había pedido un sucesor.

Así pasaron las horas. La partera no quiso abandonar al hombre descompuesto que lloraba hincado sobre sus rodillas, iluminado por un fuego que comenzaba a extinguirse.

Nadie vio la forma en que, con la noche acercándose al amanecer, el orgullo del Gran Barrikä se desmoronaba. La única opción que tenía era adaptarse al nuevo orden de cosas. Miró a la hija: debajo de su frustración nacía la ternura.

—Se llama Caína Libertad —dijo la partera poniendo sobre los brazos del padre a la recién nacida.

Contó al hombre el mensaje intacto de su esposa, lo que simbolizaba el nacimiento de aquella criatura. Barrikä escuchó atentamente cada una de aquellas extrañas instrucciones, salidas de la boca de la mujer que más había amado.

Aquella noche, la lluvia había dejado limpia la sabana.

Todo resurgía suavemente, y una luna serena iluminó el perfil de un padre que aceptaba a su hija y aceptaba su nombre.

—Caína —repitió varias veces, como si limpiara su paladar del nombre Yesec.

La llevó a la habitación y la acostó en la canasta.

—Yo te cuidaré —dijo el Gran Barrikä mirando a la niña dormida—, y velaré por ti, hasta que lo decida el universo.

Una gran estrella alumbró el rostro de su esposa tendida sin vida en el catre.

## 2
## LA INFANCIA DE CAÍNA

Caína, la hermosa, contaba ya seis años. Se la veía corretear por los linderos de la casa, subir a los árboles, perseguir bandadas de ñandúes que hurgaban los arbustos en busca de insectos. Su voz y su risa llenaban cada rincón. Crecía rápidamente ante los ojos de su padre y de los labriegos del pueblo. Era una niña hermosa, difícil de atinar si su piel era dorada o color bronce, cuya textura y color parecían venir del centro de la tierra, dulcemente metalizada. También era vivaz e inquieta; no había algo que no quisiera conocer. Quería saber todo del cielo, del río, los tepuyes.

Al amanecer, asomaba el rostro por la ventana y allí se quedaba un rato a mirar la sabana, como si desarrollara un lenguaje interior para comunicarse con cada cosa. Conversaba con las cerbatanas, con las nubes, con la floresta.

—Habla sola —decían sus cuidadoras con preocupación.

—Habla con todo —respondía Barrikä desde su lugar, severamente.

Caína observaba las cuencas donde el río parecía enrollarse y ha-cerse un lío de estambre. Allí dejaba largo rato la mirada, intensamente complacida.

—Ka´poy yepü —escuchaba que murmuraba el río para ella.

Luego corría a buscar a Barrikä, que a esa hora pescaba cachamas en la ribera.

—Mira, Caína —decía el padre—, nunca ha habido tanta abun-dancia en estas tierras. Parece que trajiste la bonanza.

Ambos reían, pero era cierto. Los aldeanos compartían la opinión que el nacimiento de Caína había traído la fortuna al pueblo. Todo reverdecía con fuerza, los verdes avivaban los paisajes de donde salían frutas enormes y jugosas. Los loros llegaban en bandadas. Los monos capuchinos, o los iwarka, que siempre fueron indóciles, bajaban de las ramas a divertir a los pequeños. De la nada aparecían especies de ani-males escurridizos y solitarios, como los armadillos y los osos hormi-gueros. Cada creatura se comunicaba con Caína a través de un lenguaje soterrado e inconmensurable. Y esta relación era presenciada por los aldeanos.

La hija del cacique vivía una infancia plena de energía. El viejo miraba con orgullo aquella dulce e inquieta princesa que aprendía todo cuanto le enseñaba. La mañana se les iba entre los sembradíos de banano, recolectando lo que la naturaleza ordenadamente producía a borbotones.

A veces la llevaba a cazar chigüires ; otros días, cuando el río asomaba su abundancia de peces, le enseñaba a pescar. Para ello usaba una lanza afilada.

—Quieta y veloz —le decía—. Quieta para darle confianza los peces y veloz para atraparlos.

Caína aprendía de todo. A entramar textiles y a pescar. A tejer cestas y a montar ñandúes. A comer entre los amigos de su padre y a echarse sobre la hierba a pensar. A hablar, y a escuchar. Le gustaba sobre todo escuchar a su anciano padre, un hombre fuerte y sentencio-so, en cuya boca siempre había una parábola floreciendo.

—Si trabajas la tierra —decía él—, nunca te faltará alimento.

«Así como aquellos árboles grandes y frondosos, capaces de dar su fruto a tiempo —le repetía a su hija—, así debía ser tu vida».

—Procura alimentar tu vida de la gran sabiduría que proviene de lo alto.

> "Si alguno de vosotros está a falta de sabiduría, que la pida a Dios, que da a todos generosamente y sin echarlo en cara, y se la dará."
> (Santiago 1,5)

Pasaban los años. El padre de Caína Libertad y sus cuidadores veían la forma en que aquella niña crecía y daba paso a una hermosa jovencita. La niña que perseguía mariposas en los arroyos de la sabana ya contaba con un metro sesenta de estatura y dieciséis años.

Hermosa, su piel morena resplandecía entre los bejucos, bajo las nubes y entre los maizales. Una frondosa cabellera marcaba su andar de piernas ágiles y seguras. Era bello escucharla entonar canciones dedicadas a la montaña, a las flores, a los ríos.

Caína Podía tenerlo todo, hacer todo cuanto quisiese, salvo una cosa: subir sola al gran tepuy.

Su padre, y todos los aldeanos, decían que allí moraban los espíri-tus. Aquellas tupidas montañas caladas de piedras milenarias parecían hablar entre ellas a ciertas horas del día. Estaban hechas de algo muy viejo, sembradas en la Gran Sabana desde el inicio del mundo.

—Desde aquí puedo escuchar lo que dicen las anacondas —le de-cía a su abuela.

Su abuela, a quienes los aldeanos le llamaban Tenamai-Tesen, que en lengua originaria significa honestidad, solía peinar el cabello de Caína y escuchar sus cuentos. Era una mujer gruesa y de tez lozana, como esas ancianas a quienes solo las canas acusan la edad.

Sin embargo, Caína desoía las órdenes de Barrikä. En esas monta-ñas boscosas e imponentes solo podía estar Dios.

La embrujaban las montañas. Su corazón se conectaba con ellas y podía escuchar su llamado. Había allí algo mágico brotando del centro de la selva.

—Si Dios vive en algún lado —decía Caína—, tiene que ser en esos tepuyes.

A escondidas de su padre y de sus cuidadoras, Caína se las arreglaba para escaparse. Trepaba las rocas y subía a lo alto de las cumbres más accesibles. Algún día llegaría al gran Merú, la cuenca de la cascada más alta de todo el universo. Pero ese trayecto tomaba días. Por lo pronto, se conformaba con desobedecer a medias; bordeaba la selva y buscaba la gran roca a la que llamaban "la almohada del cielo".

Caína era hija de esa montaña, era hija de la sabana y del río. Acostada allí, de cara a esa extraordinaria grandeza, expresaba su amor mediante un sutil y rendido llanto. Sentía que los pájaros le cantaban a Dios. Le cantaban a la vida en todas sus formas. Los pájaros, el río lavando las piedras, los bichitos en el monte, todo hacía una orquesta sobre la que Caína imponía su voz y entonaba dulces cantos, para que llegaran a oídos del dueño del universo. Echada sobre "la almohada del cielo" podía sentir su cuerpo trasformado, volando a ras del horizonte.

Con los ojos cerrados, se unía a la tierra, podía sentir que todos los animales, plantas y ríos bullían en su nombre, como si susurraran «Caína Libertad».

A veces se quedaba dormida. Cuando despertaba, lo hacía embriagada de paz y sumisión, de alegría y beatitud, entonces confirmaba su lealtad a Dios.

Pero, ¿no sería aquella montaña una puerta al cielo? ¿No sería la misma que vio Jacob cuando realizó aquel pacto con Dios?

> "Jacob salió de Berseba y fue a Jarán. Llegando a cierto lugar, se dispuso a hacer noche allí, porque ya se había puesto el sol. Tomó una de las piedras del lugar, se la puso por cabezal, y se acostó en aquel lugar. Y tuvo un sueño; soñó con una escalera apoyada en tierra, y cuya cima tocaba los cielos, y he aquí que los ángeles de Dios subían y bajaban por ella. Y vio que Yahveh estaba sobre ella, y que le dijo: «Yo soy Yahveh, el Dios de tu padre Abraham y el Dios de Isaac. La tierra en que estás acostado te la doy para ti y tu descendencia" (Génesis 28,10-13)

Allí pasaba las horas. Se apacentaba en la fuente de la cascada menor. Untaba su cuerpo con barro, mezclilla de hojas, miel, leche de coco. Lo mismo ponía en su cabello, hidratado con aceites vegetales y la sabia de algunas plantas. Venir a hermosearse bajo las frondas de los árboles, cruzar el río para cantar y quedar cubierta de barro. Luego, como un pez de bronce, entrar al agua. El agua cristalina caía sobre su cabeza firme, bendiciéndola. Agradecía su vida, su cuerpo, su belleza. Y antes de regresar perfumaba su cuerpo.

—Por ahí debe estar Caína —decían algunas mujeres—. Deja los caminos perfumados a canela.

De modo que recorriendo los montes, armando coronas de flores para su cabeza y la cabeza de su padre, cantando a las orillas del río, Caína llegó a la edad de diecisiete años.

## 3
## VISITAS INESPERADAS

La celebración de los diecisiete años de Caína ocupó a toda la aldea. Fue una fiesta alegre, colorida, en la que se exhibió la abundancia de las tierras y el amor que el Gran Barrikä profesaba por la hija de Maya.

Hubo cachamas y toda suerte de peces de agua dulce, frutas, batatas. Hubo música, danzas alrededor del fuego. Los aldeanos más jóvenes se reunieron cerca de las fogatas y las mujeres saltaban al ritmo de la percusión y la melodía del tetum-nosen, especie de flauta que fabricaban con los tallos de finos bambúes. Cada quien puso ramilletes de orquídeas en las puertas de las casas. El patio, todo, hasta la juventud de Caína, olía a flores.

Las mujeres se habían pintado el rostro con pátinas de onoto; de sus orejas pendían enormes zarcillos de piedras preciosas, plumas de tucán y costrillas de río. Las mujeres más viejas cantaban y descamaban pescados; era bonito verlas brillar en la penumbra, porque de pronto aquellas escamas saltaban a su piel y las hacía ver como hermosas toninas cerca del fuego.

A mitad del festejo, Caína bailó para el Gran Barrikä. Operó una danza dulce, una demostración de respeto y gratitud que la aldea acompañó con cantos y aplausos. El anciano reía. La luz del fuego iluminaba el rostro de un padre feliz. Recordaba su promesa, aquellas palabras que pronunció la noche que perdía a su mujer y ganaba a una hija:

—Yo te cuidaré y velaré por ti hasta que lo decida el universo.

Sin duda, el tiempo la había convertido en una joven hermosa, llena de gracia. Miró al cielo y agradeció su suerte. Pensó en Maya. Su esposa debía sonreír desde alguna estrella.

A mitad del ritual, los cánticos fueron interrumpidos por los gritos del indio Auyan. Corrió velozmente, atravesó el patio y llegó a los pies de Barrikä.

—Una cosa gigante encalló a orillas del río —exclamó con voz estentórea—. Son muchos señores que portan extrañas vestiduras.

Caína escuchó desde el centro de la rueda la voz del indio Auyan. De inmediato el rostro de los aldeanos se cubrió de confusión. Los hombres y las mujeres se pusieron en alerta.

—Será que el Dios de la montaña ha enviado al castigador de nuestros pecados para matarnos a todos —susurró una anciana detrás de una cortina.

—Alguien subió a la montaña y enfadó a los dioses —respondió otra mujer.

Caína se abrió paso entre la gente. Llegó a posarse junto al padre, atento a las figuras que emergían del horizonte. La amenaza era cierta. Pero no eran dioses; eran hombres trajeados de forma distinta. Una barca extravagante había encallado a orillas del río, de donde se bajaban más de veinte sujetos en dirección a la aldea.

—No teman —dijo el Gran Barrikä.

—¿Preparamos los arcos? —interrogó el indio.

—Es lo mejor —sugirió Caína a oídos del padre—. No sabemos cuáles sean sus intenciones.

El Gran Barrikä dirigió una mirada grave al indio y asintió con la cabeza.

Las mujeres recogieron a los niños y se replegaron en los recintos oscuros de las chozas.

—Guarda serenidad —dijo el Gran Barrikä—. No estamos solos.

> "No temas, que contigo estoy yo; no receles, que yo soy tu Dios. Yo te he robustecido y te he ayudado, y te tengo asido con mi diestra justiciera." (Isaías 41,10).

El grupo de visitantes venía liderado por un hombre alto, barbado, de ojos claros, como nunca antes habían visto. A su rostro blanco lo enmarcaban cabellos dorados y ondulados. Entendió inmediatamente que Barrikä era el líder de la aldea. Aunque no fuere exactamente el más alto ni el más joven, era a quien lo sujetaba una singular fortaleza. A simple vista, guardaba la energía y serenidad de un líder. Tal vez su gente no estuviere bien armada, pero daba la impresión de estar protegido por la selva.

El hombre se aproximó. Hubo un silencio entre ambas fuerzas. Una más grande que otra, una más poderosa que otra.

Habiendo quedado cara a cara, la horda de forasteros, trajeados con penachos de cuero y metal y acompañados de hermosos caballos, soltó la risa ante el grupo de aldeanos semidesnudos. El viejo Barrikä también rio, sin saber de qué, y junto a él, toda su gente.

El sujeto blanco hizo muestras de amistad y dejó en sus manos al-gunos presentes en forma de pequeñas piezas de cerámica pintada.

—Paz —dijo el sujeto, y presentó una extraña reverencia que el pueblo entendió como fraternidad.

El viejo Barrikä se mostró complacido; no había razón para alar-marse. Los forasteros parecían pacíficos, así que dio órdenes de que continuara la celebración y a una voz de mando, sacó a las mujeres de sus escondites.

La pequeña horda de forasteros se dejó conducir a las instalaciones del banquete, fueron recibidos entre risas y salutaciones efusivas. Mientras amarraban a las bestias de largos cabellos a los maderos del patio, midieron la calidad de las riquezas de aquellas tierras y la docilidad de los aldeanos. Abundantes alimentos restallaban a la luz de las fogatas.

Luego, las mujeres fueron salieron de una en una de sus escondi-tes, con sus cuellos y brazos forrados de metales preciosos que ellos no pasaron desapercibidos.

Una vez terminado el protocolo de bienvenida, el Gran Barrikä los invitó a formar parte de la rueda. Allí se tendieron junto al fuego; no entendían qué celebraban, pero dedujeron que se trataba de un evento especial. Bebieron, y sin saber tampoco qué comían, recibieron de buen gusto las carnes, hortalizas, bebidas y frutas, todo destilando un sabor nuevo y delicioso, ajeno a sus paladares.

Los aldeanos no tardaron en llamarles "los dioses del más allá". Tal vez porque lucían ropas sofisticadas, venía de lejos y tenían pelos en la cara como ciertos animales de la selva.

Bien entrada la noche, el cacique Barrikä ordenó reanudar los bai-les. Del recinto central emergió la bella Caína junto a su amiga Amanon Wiriki y otras jóvenes que la secundaron. Caína Libertad se abrió paso ante los ojos de los forasteros. Bailó como nunca, desbordante de vitalidad y gracia. Ellos, a su vez, apreciaron su hermosura; reían y bebían, hechizados por la singular belleza de las nativas.

Caína bailó un buen rato. En especial porque el líder del grupo, el de los ojos color cielo, se había fijado en ella. Se conectó a esa mirada. Nunca antes había visto al cielo metido en los ojos de un hombre. Bailaba suavemente, otorgando a cada salto litúrgico una sonrisa. Si el hombre tenía el cielo en los ojos, ella, Caína, tenía el color y el olor de la canela en la piel. El color de la pantera en el cabello. El color oscuro del río Kukenán en sus ojos.

A medida que avanzaba el baile, el hombre decía entre los suyos:

—¡Hermosa mujer!

Muy pronto, la percusión dejó de repiquetear. Daban la entrada al Gran Barrikä, que atravesó la rueda y puso en las manos de su hija una lanza, como símbolo de su mayoría de edad.

—Ahora eres una mujer —dijo.

Y esta vez se dirigió a los visitantes:

—Esta es mi hija —profirió—: Caína Libertad. La más bella de la tierra.

Todos los aldeanos repitieron su nombre a coro. Aquello fue más un murmullo sostenido, un mantra poderoso que parecía salir del cen-tro de la montaña. La hija de Barrikä, tal como declaró

Maya, simboli-zaba libertad y abundancia para su pueblo.

> "Para ser libres nos libertó Cristo. Manteneos, pues, firmes y no os dejéis oprimir nuevamente bajo el yugo de la esclavitud." (Gálatas 5,1)

> "Porque, hermanos, habéis sido llamados a la libertad; solo que no toméis de esa libertad pretexto para la carne; antes al contrario, servíos por amor los unos a los otros." (Gálatas 5,13)

## 4
## EL ROMANCE

Todo transcurría con absoluta normalidad en la aldea; los habitantes ejecutaban las tareas de su rutina diaria en un ambiente cordial entre ellos y los huéspedes de Barrikä.

Muy pronto Caína entró en confianza con los forasteros, en espe-cial con el hombre de ojos azules, a quien le placía la compañía de la princesa. Hacía todo cuanto estuviere a su alcance para ganarse su amistad. Al final de las jornadas, cuando los hombres regresaban de caza y de explorar los territorios, se apostaban en el patio donde las mujeres tejían cestas y entonaban lindas canciones que parecían imitar el lenguaje de los árboles. Allí aprovechaba el hombre de acercarse a Caína. Cuando lo veían llegar, las compañeras de la princesa reían entre sí y decían:

—Ahí viene ojos de jaguar.

El cuerpo de Caína respondía a su presencia con violentos latidos de corazón. Algo en el estómago subía repentinamente y bajaba como si fuera miedo. No, no era miedo. Era otra cosa. Porque a ella le gustaba ese miedo. Le gustaba aquel hombre. Sus ojos, ese azul que solo había visto en el cielo, en algunas flores y en los ojos de los felinos que iban a tomar agua en los arroyos, la miraban y todo lo demás desaparecía. Esos ojos raros se robaban la atención de Caína y la de todas las muchachas; reían cuando el hombre se mostraba interesado en aprender a trenzar los bejucos, o cuando se pintaba el rostro, o bailaba torpemente junto a los aldeanos sin conocer del todo las ceremonias.

—Es bello —decía Caína a su amiga.

Amanon Wiriki guardaba sus reservas. «No lo conoces», decía. Pero Caína no tenía oídos para otra cosa que no fuere la voz suave y profunda de aquel hombre.

Fue por los días de recolección de maíz, cuando los aldeanos se ocupaban de los sembradíos, que Caína aprovechó de mostrarle al hombre ojos de jaguar el camino a su piedra. Para esto, debieron alejarse de las inmediaciones de Kavec. Quería disfrutar de su presencia sin interrupciones ni testigos. Su cuerpo era presa de una suerte de confusión, de emociones encontradas. A un tiempo sentía emoción y sosiego, luego dulzura y alegría, sumisión y altivez, todo enredado en su alma como una extensión del miedo y al mismo tiempo de la intensidad que precede al amor.

—Está enamorada —le anunció la anciana Tenemai-tesen a su amiga Amanon Wiriki.

Una mañana lo invitó a seguirla. Le mostraría el camino a la cuenca donde ella se acicalaba y sacaba de la tierra hermosas rocas luminosas. Lo tomó de la mano y lo condujo al borde donde los esperaba una curiara.

Caína remó y en pocos minutos la balsa tomaba la dirección al río Churun. El paisaje se abrió insospechado e indómito. La selva se cerraba sobre ellos. Al río, de aguas oscuras como de té verde, lo amparaban túneles de vegetación. Aquella extensión de bambúes y manglares parecía tener voz propia, una mágica vitalidad.

Llegaron a la gran piedra cerca del mediodía: desde allí se vía el gigantesco Auyan-tepuy, surcado por su gran caída de agua. Le advirtió que no contara nada a su padre de aquel recorrido; Barrikä no estaba al tanto de las visitas que hacía a aquel lugar desde que era pequeña.

El hombre la siguió, se dejó guiar en silencio a través de aquel paraje hermético y enrevesado. Dejaron la balsa a orillas de un manglar y caminaron selva adentro. A su paso, notó que las criaturas se tendían a los pies de Caína; grupos de ñandúes les seguían de cerca, los gatos salvajes salían de sus madrigueras y se tendían en la hierba sumisamente. «¿Qué lugar es este? —se preguntaba mientras avanzaban—, ¿qué tipo de poder ejerce esta mujer sobre las bestias?». Llegaron al lugar, a la piedra donde Caína miraba en intimidad el universo. A lo lejos, el hombre observó con admiración la cascada más alta que hubiere visto jamás: ondeaba como una bandera de humo en lo más alto de una sobremesa montañosa de paredes verticales.

Lo aplastó esa belleza. Intuyó que aquellas mesetas debían tener no menos de dos mil millones de años erosionándose.

Miró a Caína, absorta en la corriente del río. Aquella mujer hermosa, libre, poderosa, formaba parte de algo mayor. No supo explicar de qué. De su interior comenzaron a surgir voces, voces enmarañadas y confusas. Era la voz de la montaña metiendo el nombre de Caína en su pecho. Por instantes quiso estar entre sus brazos, recitar lindos versos de viejos poetas, colonizar dulcemente su cuerpo, tomar la belleza de Caína traducida en el bosque. «¿Caína Libertad? —se preguntó—. ¿Qué significa?».

—Mi madre amaba el río Canaima. De allí viene mi nombre —dijo como si tradujera su pensamiento.

Por un momento quedaron en silencio.

—Yo —se señaló el pecho—: Tadeo.

—Tadeo —repitió Caína.

Tadeo, el hombre ojos de jaguar, comprendió que su corazón era de ella. Que de cierta forma le pertenecía a ella. Entonces se aproximó a Caína. Ella lo esperó sin retroceder.

La tomó del rostro y la besó en los labios. Fue un beso dulce. Re-cibió el aliento de Caína perfumado como fruta nueva. Y el río detrás, fluyendo serenamente, como si apenas se moviera detrás de ellos, res-plandecía.

> "Ante todo, tened entre vosotros intenso amor, pues el amor cubre multitud de pecados." (1 Pedro 4,8)

> "Este es el mandamiento mío: que os améis los unos a los otros como yo os he amado." (Juan 15,12)

> "Ámense cordialmente los unos a los otros; estimando en más cada uno a los otros" (Romanos 12,10)

> "Que el Señor guíe vuestros corazones hacia el amor de Dios y la tenacidad de Cristo." (2 Tesalonicenses 3,5)

Tiempo después de aquel primer beso vinieron otros. Y otros en-cuentros en nuevos parajes que Caína exhibía con devoción.

Trascurrieron meses en aquellas grandes sabanas en las que el cauce del río era el centro de actividad. Allí se bañaban los niños, allí pescaban los hombres, allí tejían cestas las mujeres.

Tadeo admiraba la belleza del paisaje, también el encanto y la fuerza de Caína. Su destreza para desenvolverse en un lugar que a su parecer seguía siendo indócil, lleno de misterios. Ella le enseñaba a pescar con lanza; él le mostraba la forma de pescar con sedales. Ella le enseñaba a sacar metales de las tierras y él le enseñaba nociones básicas de álgebra. Así pasaban los días, intercambiando secretos, palabras, técnicas.

Sin embargo, Tadeo reflexionaba sobre ciertos asuntos que Caína jamás hubiera podido sospechar.

Con los días, sus pensamientos ensombrecieron el rostro de ojos de jaguar. Ella representaba la belleza de un mundo contrario a sus planes. Secretamente, lo sujetaba la ambición. Hasta acá lo había atraído la noticia de una tierra rica que podía compensar a un reino en quiebra. Caína representaba una vida distinta a la suya. Aún si la amaba, jamás podría llevarla a su lugar de origen, porque Caína sería para los ojos de su sociedad una bonita salvaje que hablaba con los ríos.

Ciertamente se hallaba ante la presencia de una mujer única; sin embargo, no podía llevarla consigo, sería perder su prestigio. No tenía el coraje para contradecir ese mundo llevando como esposa a una nativa semidesnuda que se comunicaba con las nubes.

Estaba seguro que no la valorarían, que nunca sería digna ante los ojos de los suyos.

Fue así que Tadeo prefirió mantener al pie de la letra sus planes. Hasta para eso era propicio el amor. Caína sería su instrumento, ahora que confiaba en él, que todos confiaban en él. La inocencia de Caína estaba a su favor. Su amor le daría todo. Y él lo tomaría todo de ella: su cuerpo, su riqueza.

—Mi felicidad está contigo —le susurró Caína una noche, sem-brada en sus brazos.

> "Guárdame como la pupila de los ojos, escóndeme a la sombra de tus alas de esos impíos que me acosan, enemigos ensañados que me cercan. Están ellos cerra-dos en su grasa, hablan, la arrogancia en la boca. Avan-zan contra mí, ya me cercan, me clavan sus ojos para tirarme al suelo." (Salmo 17,8-11)

De modo que Tadeo era de sus planes y Caína era de él. Pero ella no lo sabía. Se entregó al hombre ojos de jaguar y no hubo nada ni nadie que pudiera impedir que se entregara fervientemente al cuerpo de su hábil enamorado.

Lo hizo una noche, después de que Tadeo leyera frente al fuego un libro que hablaba del amor. Narraba la historia de dos amantes, como él y ella, atravesados por el deseo y la veneración mutua. O eso era lo que Caína profesaba.

Se trataba nada más y nada menos que del Cantar de los Cantares, tal vez escritos por un rey de nombre Salomón, compuesto entre el siglo IV y el siglo X:

> «Si no lo sabes, ¡oh la más bella de las mujeres!, sigue las huellas de las ovejas, y lleva a pacer tus cabritas junto al jacal de los pastores.
> »A mi yegua, entre los carros de Faraón, yo te comparo, amada mía.
> »Graciosas son tus mejillas entre los zarcillos, y tu cue-llo entre los collares. Zarcillos de oro haremos para ti, con cuentas de plata.
> »Mientras el rey se halla en su diván, mi nardo exhala su fragancia.
> »Bolsita de mirra es mi amado para mí, que reposa entre mis pechos.
> »Racimo de alheña es mi amado para mí, en las viñas de Engadí.
> »¡Qué bella eres, amada mía, qué bella eres! ¡Palomas son tus ojos!

»¡Qué hermoso eres, amado mío, qué delicioso! Puro verdor es nuestro lecho.
»Las vigas de nuestra casa son de cedro, nuestros arte-sonados, de ciprés. (Cantar 1,8-17)

»Yo soy el narciso de Sarón, el lirio de los valles.
»Como el lirio entre los cardos, así mi amada entre las mozas.
»Como el manzano entre los árboles silvestres, así mi amado entre los mozos. A su sombra apetecida estoy sentada, y su fruto me es dulce al paladar.
»Me ha llevado a la bodega, y el pendón que enarbola sobre mí es Amor.
»Confortadme con pasteles de pasas, con manzanas re-animadme, que enferma estoy de amor.
»Su izquierda está bajo mi cabeza, y su diestra me abraza.
»Yo os conjuro, hijas de Jerusalén, por las gace-las, por las ciervas del campo, no despertéis, no desveléis al amor, hasta que le plazca." (Cantar 2,1-7)

»¡Qué bella eres, amada mía, qué bella eres! Palomas son tus ojos a través de tu velo; tu melena, cual rebaño de cabras, que ondulan por el monte Galaad. Tus dientes, un rebaño de ovejas de esquileo que salen de bañarse: todas tienen mellizas, y entre ellas no hay estéril» (Cantar 4,1-2)

Esa fue la noche que Caína dejó ante los ojos de Tadeo su cuerpo desnudo. Se entregó a él, con la ternura y calidez de un ave.

## 5
## EL DÍA MÁS TRISTE DE CAÍNA LIBERTAD

Esa mañana Caína hizo lo mismo que venía haciendo cada día: despertar a Tadeo con infusiones calientes, risas y flores.

Sin embargo, ese día sobrevendría distinto.

No lo halló en la recámara, ni leyendo en la kamï que le habían asignado las mujeres.

Buscó en el traspatio, en el corral de los ñandúes. Tampoco lo ha-lló. En la cocina, preguntó a las abuelas que trituraban las raíces para el casabe matutino: no tenían noticias. También interrogó a los hombres que afilaban lanzas en el arsenal. Nadie lo había visto, excepto un joven indio que aseguró ver zarpar la barca desde la cuenca.

Caína desesperó. ¿Qué significaba? ¿Se había ido? ¿A dónde? ¿Volvería? Uno de los versos se le vino a la memoria: «En mi lecho, por las noches, he buscado al amor de mi alma. Le busqué y no le hallé. Me levanté, pues, y recorrí la ciudad. Por las calles y las plazas busqué al amor de mi alma. Le busqué y no le hallé».

—¿Dónde estás? —se preguntó.

Miró a los tepuyes, como si ellos supieran la respuesta, y corrió a buscar su lanza. Tomó el camino a la selva.

A grandes zancadas, Caína cruzó la sabana. Durante horas se em-pecinó en su búsqueda, pero por ningún lado obtuvo noticia ni res-puesta. Nadie había visto a Tadeo ni a su tropa.

Regresó a la aldea. Allí, cerca de un banano, clavó su lanza. Se alejó de la multitud y se echó a llorar. «Se ha marchado, como el amado del poema», repetía entre sollozos. Su corazón le decía que Tadeo ya no estaba entre ellos. La selva aparecía ante ella impasible, sin respuestas, sin secretos. Miró la sabana en su extensión, por si hubiere metida en ella un pálpito distinto al suyo. «No hay nadie. No hay Tadeo», se dijo con amargura. Era posible que la selva tuviera alguna respuesta que no estaba leyendo con atención. Entonces caminó hasta el río, echó una curiara al agua y se marchó a buscar aquellas señales.

A oídos del Gran Barrikä llegó el rumor de que su hija buscaba al hombre de ojos de jaguar. Cuando llegó a la aldea vio su lanza clavada en la tierra.

Miró al cielo, como si viera a Maya. Y lo entendió todo: el momento había llegado. Hasta allí podía velar por su hija, porque ahora era el universo que decidía por ella, tal como lo había profetizado la alumbradora el día de su nacimiento.

Aceptó esta revelación no sin dolor. Su cuerpo ya venía siendo diezmado por el cansancio. Desde hace meses su salud desmejoraba, y lo lanzaba al chinchorro prendido en fiebre, bajo el sopor de un total agotamiento.

Comprendió que la gran debilidad de Caína Libertad era su cora-zón, y que por culpa de un amor lo perdería todo. Estaba claro que ya el destino de Caína Libertad no estaba en sus manos. Exclamó con voz conmovida hacia el cielo:

«Le enseñé todo lo que sabía —dijo lleno de tristeza—. Hoy Caína decide cuál camino andar. A partir de hoy será ella quien determine cuáles serán sus acciones para obtener en su vida lo que se merece».

Así el viejo Barrikä tomaba la decisión de dejar en manos de su hija su destino. Fue al río, tomó agua en una cuenca de barro, y lavó sus manos como símbolo de que respetaba aquella decisión.

Llegó a su choza cansado, contemplativo, y sacudido por una pro-funda debilidad de su energía.

Dio la espalda a la aldea, se recostó en la kamï.

Esa noche la luna alumbró el rostro compungido de las mujeres de su pueblo. Sentían en silencio el gran dolor del cacique Barrikä.

—Se lo han llevado todo —informó el indio Auyan a Tenemai-tesen.

Era cierto. El hombre ojos de jaguar se había llevado buena parte de los tesoros de las tierras, las joyas de las mujeres, las joyas del caci-que, los brazaletes de las muchachas, las gargantillas de las ancianas. Todo el ajuar de oro e incrustaciones de piedras preciosas. Esculturas de metal, oro. Se había llevado también gran cantidad de raíces, animales, frutas, semillas.

Tenemai-tesen agachó la mirada. Le habían dado cabida a la peste.

—Se avecinan grandes tribulaciones —dijo viendo un racimo de nubes grises que surcaba los asentamientos de Kavec.

> "El dará a cada cual según sus obras: a los que, por la perseverancia en el bien busquen gloria, honor e inmortalidad: vida eterna; mas a los rebeldes, indóciles a la verdad y dóciles a la injusticia: cólera e indignación. Tribulación y angustia sobre toda alma humana que obre el mal" (Romanos 2,6-9)

# 6
# LA DESAPARICIÓN

Comenzaron a surgir rumores relativos a la extraña desaparición de Caína. Barrikä no daba muestras de querer hablar con nadie, pero ya su gente manejaba todo tipo de versiones. Unos eran de la opinión que los navegantes se habían llevado a Caína con ellos; otros, sobre todo las muchachas, apoyaban la idea de que la hija de Barrikä había seguido al hombre ojos de jaguar; tenían fe en que el hombre la hubiere hecho cruzar el Delta donde todos los ríos se juntan con el mar.

Mientras tanto, las ancianas decían que se la había tragado "el Salto Kamá ". Tenamai-tesen, su abuela, más bien pensaba que los dioses de los tepuyes tarde o temprano se la llevarían, y que había llegado el momento de hacerla suya.

Se escuchaba toda clase de desenlaces y destinos, incluso uno en que la Gran Serpiente, la madre de todas las anacondas que vive en el gran río, en la base de La Morada de Dios llamado Roraima, se la había tragado en castigo por enamorarse de un hombre con ojos azules.

Hasta eso se decía.

¿Dónde estaba la hija del cacique? Conforme pasaban los días, la angustia cubría el corazón de los aldeanos. Pensaban que la desapari-ción de su princesa solo podría traer desgracia. Era ella quien se comunicaba con Dios y garantizaba la abundancia.

Los tepuyes, que siempre gobernaron silenciosos en el paisaje, esta vez se mostraban más herméticos. Era como si, de alguna forma, la selva se hubiere cerrado. Y no solo la selva: también el cielo y los ríos. La naturaleza había suspendido su lenguaje. Incluso las estrellas, eso que los pobladores llamaban chïrikiton, desaparecieron del firmamento por tres días detrás de nubarrones tan grandes como tepuyes celestes.

En vista de que su padre no daba muestras de salir de su desola-ción, su amai, Tenamai-tesen, mandó a buscarla con Auyan al «pozo donde se reúnen los peces».

—Ve al Tapay, al final de la cuenca —le ordenó.

Pero Auyan regresó como se fue: solo. No hubo rastros de Caína por ningún lado. Tampoco de peces. No vio peces, ni panteras, ni mo-nos, ni guacamayas.

—Enkupay eday Auyantepuy poná —dijo el indio Auyan a la an-ciana, inspirado en una rotunda determinación.

Desde luego que no. Eso equivalía a días de travesía. Las montañas se cierran en la medida en que más se penetran, y el gran tepuy se mueve en la medida en que más se avanza hacia él. Era peligroso. La mujer, que no sabía que su nieta desde niña transitaba el camino a la gran cascada, respondió:

—No. Caína no conoce esa ruta. Esperemos.

Y era cierto. La ruta a lo alto de la morada de Dios podía representar un peligro al cual Caína no sabría cómo hacer frente, contando además con que llegar hasta allá significaba caminar durante días. Pero era justo a donde el corazón de Caína la había llevado.

Caína transitó durante tres días la ruta a la gran catarata Kerepa-kupai Vená. Fue una expedición personal que había prometido hacer cuando era apenas una niña. La ruta se abrió ante ella; solo tenía que seguir su intuición. Atravesó la selva sin que la densidad de su vegeta-ción le fuera extraña. Se sentía en casa, el Auyantepuy era su casa. Sus pies, de alguna forma, conocían el sendero.

Una tras otra iban apareciendo montañas de piedra escarpada, ro-ciadas por montones de arenisca y cuarzo. Chillaban monos, siseaban culebras. De día la guiaban las kauchik . De noche la acompañaba la kapüy . La travesía de Caína hacia el corazón de la selva significaba su luto, su dolor, y su sanación. En aquella inmensidad de las montañas podía escuchar el inmenso río trepanar los bordes de selváticos. Allí moraba la gran anaconda, su hermana, como un espíritu cauteloso y vigilante, celoso de las aguas.

Sí, el Auyantepuy era su casa, pero todo en esos montes bullía una gran preocupación. Todas las especies hablaban un solo lenguaje, un lenguaje en alerta, como si pronosticaran un suceso definitivo y maligno.

Caína lloró. Se vació del dolor. Había entregado su cuerpo, su amor y su saber ancestral a un hombre que nada tenía que ver con su mundo. Sintió que aunque estuviere protegida por los montes, algo inmanente atormentaría a su pueblo.

Al tercer día, Caína Libertad, llegaba a la cima de la gran catarata. Su rostro recibió la dulzura de todos los vientos que se reunían en aquel vértice, en la morada de Dios. ¡Estaba en la cima del mundo! Lo había logrado.

Se deslizó con pasos cautelosos por las rocas resbaladizas, y se detuvo justo donde se acababa el gran tepuy. Lo que vio entonces la dejó sin palabras. A casi mil metros de la superficie de la tierra, la inmensa sabana se extendía a sus pies, imponente, como forrada de musgo milenario.

La imagen la arrebató. Desde abajo, desde la sabana, se puede imaginar la grandeza de esas cumbres. Pero en verdad la realidad superaba su imaginación: era un paisaje absolutamente rotundo que narraba un poder mayor, la destreza del tiempo que había tallado el espacio; el tiempo infinito esculpiendo sobre la roca la belleza y la creación divina. Era pisar la casa del universo. Era presenciar la grandeza de Dios.

Caína se arrodilló, cayó vencida por la humildad de su servicio ante la grandeza de los tepuyes. La aplastó una fuerza mayor: lo increado, lo que no tenía principio ni fin. Ella era solo una achimikö, una diminuta hormiga frente al universo.

—Ye´se. Ka' poy yepü —dijo. Que significa: «Mi nombre es mi nombre. Vengo del firmamento, del cielo infinito».

Cuando finalmente llegaron a oídos de su padre el rumor de que Caína había muerto, que la gran Anaconda la había tragado, que los forasteros la habían secuestrado, y que la sabana reclamó sus huesos, la salud del viejo Barrikä empeoró. No pudo evitar caer presa de calenturas, y de pesadillas. Aunque en el fondo, su corazón decía otra cosa. Él sabía que su hija estaba viva, pero atravesaba el portal de un gran sufrimiento.

—E´nepe inna man —le murmuró Barrikä a Tenemai-tesen. In-tentaba bajar la fiebre de su hijo bañándolo con agua fresca.

—Todo se resuelve siempre —era lo que respondía la madre, ayu-dada por cuidadoras.

Cuando retomaba fuerzas, Barrikä ocupaba un rincón de su cáma-ra donde pasaba las horas meditando y afilando lanzas, untando el filo con el mortal veneno de algunas ranas. «Guardando absoluto silencio se comunica mejor el futuro», pensaba. Sencillamente se había retirado a sus aposentos. Abandonó la selva, la sala de ceremonias, la asamblea, el río. Confiaba en su criterio y no permitía que la desesperación de su gente permearan su fe.

Era precisamente la fe que tenía en el retorno de su hija lo que lo mantenía vivo.

> "No repitas nunca un chisme, y no sufrirás ningún da-ño." (Siracides 19,7)
>
> "En la boca del insensato está la vara o el castigo de su soberbia; mas a los sabios le sirve de guarda la modestia de sus labios." (Proverbios 14,3)

"No andes difamando entre los tuyos; no demandes contra la vida de tu prójimo. Yo, Yahveh." (Levítico 19,16)

"Y la lengua es fuego, es un mundo de iniquidad; la lengua, que es uno de nuestros miembros, contamina todo el cuerpo y, encendida por la gehenna, prende fuego a la rueda de la vida desde sus comienzos." (Santiago 3,6)

## 7
## EL PACTO

Un rayo de sol tocó los párpados cerrados de Caína. Se había dormido sobre las faldas de las rocas. Allí, entre despierta, entre el sueño y la vigilia, escuchó su nombre. Era una voz suave y bullente, como salida de los intersticios de los farallones.

—Caína —susurraba la voz de una mujer—. Caína. Wakupe krü audesaman tanno tuy pona.

—¿Quién eres? —interrogó la chica buscando la fuente de dónde provenía la voz.

Se levantó. Caminó y buscó detrás de las rocas. No había nadie con ella.

—Caína…

¿Acaso era su nombre traído por los vientos? ¿Eran las piedras que le hablaban? ¿Los hierbajos?

—Caína…

Cerró los ojos. Escuchó de nuevo esa dulce voz. Al abrirlos, vio a una mujer de grandes ojos verdes, enmarcados por largas pestañas. Su cabeza lucía adornada por una corona de flores.

—¿Quién eres?

—Sígueme.

La condujo por detrás de los farallones, por donde comenzaron a descender. Las paredes verticales de la cumbre se encontraban revesti-das de cuarzos.

Bajaron todavía más, hasta llegar a un gruta en la que yacía una escultura en forma de hombre y animal, fabricada en barro, y a su alrededor, un centenar de cabezas de animales. Caína se espantó. No sabía a dónde estaba siendo conducida.

—Confía en mí —le dijo la mujer.

Entraron a la grita. Se abrió ante ella un paisaje era distinto, cierta pesantez gobernaba la caverna.

—Tu upetoi …

—¿Uyawachirü? —Caína preguntaba por su novio.

—Innna .

—¿Dónde está? ¿Dónde? ¿Atuntö?

La mujer de largos cabellos y voz dulce habló. Contó la forma en que el hombre ojos de jaguar había tomado el afluente que conducía al mar, en las ramificaciones del Delta.

Caína escuchó el relato con el rostro bañado en lágrimas. ¿Por qué?, se repetía una y otra vez. Le abrió las puertas de su aldea, de la montaña. Le enseñó el nombre de cada cosa, y la forma en que cada cosa y ser vivo podía ser tratado.

—¿Qué debo hacer? —interrogó Caína.

—Confía en él —la mujer señaló a la figura con rostro de hombre y cuerpo de tapir—. Él lo traerá de vuelta. Caerá arrodillado ante ti y limpiará tu honor.

—¿Él? —preguntó confundida—. ¿Quién es?

—Mi Dios. Ahora tu Dios. Trae oro y piedras preciosas, como pa-go del favor que te concederá.

"Hijo mío, si los pecadores te quieren seducir, no vayas. Si te dicen: «¡Vente con nosotros, estemos al acecho para derramar sangre, apostémonos contra el inocente sin motivo al-guno devorémoslos vivos como el seol, enteros como los que bajan a la fosa!; ¡hallaremos toda clase de riquezas, llenaremos nuestras casas de botín, te tocará tu parte igual que a nosotros, para todos habrá bolsa común!»: no te pongas, hijo mío, en camino con ellos, tu pie detén ante su senda" (Proverbios 1,10-15)

"Vosotros sois de vuestro padre el diablo y queréis cumplir los deseos de vuestro padre. Este era homicida desde el principio, y no se mantuvo en la verdad, por-que no hay verdad en él; cuando dice la mentira, dice lo que le sale de dentro, porque es mentiroso y padre de la mentira." (Juan 8,44)

Caína aceptó el pacto. Sin saberlo, su inocencia la conducía a su siguiente error: confiar en la bruja Yarimba.

Ocurrió entonces que Caína creyó en ella. Y Yarimba, aprovecha-ba la ingenuidad de la única mujer que podía sacar dócilmente los tesoros de la montaña.

Comenzó a persuadirla para que se entregara al dios de barro, ofrendándole piedras preciosas, oro y flores. Poco a poco fue despla-zando a su antiguo Dios, el verdadero, el que moraba en la cumbre de los tepuyes, el que animaba los pájaros, los ríos, las cerbatanas.

Desesperada, inocente, pronto cayó Caína de rodillas ante la esta-tuilla mitad humano, mitad tapir. Hizo todo lo que Yarimba le pidió, realizando prácticas abominables ante los ojos de su Dios. Asistía al asesinato de animales a quienes decapitaban, empleando sus cuerpos en función de cruentos sacrificios.

Luego de colocar sus presentes, Caína se arrodillaba ante la gran estatua y fumaba rollos de hierbas. Jamás lo había hecho, pero Yarimba se aseguró de adiestrarla. La bañaba con hierbas e infusiones, y sangre de animal, asegurándole que era la única forma de obligar a su amado a retornar a Kavec.

La persuasión de Yarimba surtía efecto. Caína creía en ella y en la bondad de aquella matanza. Se reía secretamente en señal de triunfo, porque sabía que el oro y las piedras preciosas que Caína traía confor-marían su riqueza. Podría formar su propio reino donde gobernaría a su antojo.

Transcurrieron meses en las cuevas de Kavec.
—Fuma —le ordenaba Yarimba—. Hechízalo. Solo de esta forma podrá regresar.

Estas palabras surtían efecto en el corazón de Caína. Obcecada, también obligándose a no aceptar el abandono, empleaba toda su fe en el retorno de Tadeo.

Aquellas prácticas, junto al exceso de trabajo al que era sometida la princesa, comenzó a menguar su espíritu y su cuerpo. Ya no era la misma, la misma muchacha hermosa y vivaz. Al contrario, su salud desmejoraba. La piel iba tomando la opacidad del cuero de las serpientes, ligeramente escamada y maltratada. Adelgazó de forma temible. No era la misma muchacha poderosa que atravesaba las sabanas, sino un fantasma desdichado y profundamente mortificado. Desaparecieron su sonrisa y la ternura de su corazón. Nada la conectaba a la selva salvo la explotación y la matanza. Las criaturas ya no le hablaban, como si de pronto la hubieren repudiado.

Sus días cabalgaban sobre una profunda desidia; días grises seguían a más días grises. Tristeza, sangre, hierbajos, componían una versión terrible de sí misma, opuesta a todo cuanto había hecho.

Y Dios, ya no estaba con ella.

> "En pleno día tropezarás tú, también el profeta trope-zará contigo en la noche... Perece mi pueblo por falta de conocimiento. Ya que tú has rechazado el conocimiento, yo te rechazaré de mi sacerdocio; ya que tú has olvidado la Ley de tu Dios, también yo me olvidaré de tus hijos. Todos, cuántos son, han pecado contra mí, han cambiado su Gloria por la Ignominia." (Oseas 4,5.6-7)

> "Mi pueblo consulta a su madero, y su palo le adoctrina, porque un espíritu de prostitución le extravía, y se prostituyen sacudiéndose de su Dios. En las cimas de los montes sacrifican, en las colinas queman

incienso, bajo la encina, el chopo o el terebinto, ¡porque es buena su sombra! Por eso, si se prostituyen vuestras hijas y vuestras nueras cometen adulterio" (Oseas 4,12- 13)

# 8
# EL ENCUENTRO ENTRE CAÍNA Y AMANON

Una mañana, Amanon Wiriki, la amiga predilecta de Caína, subió a la cuenca por arcilla. Era una joven hermosa, aunque su belleza era inferior a la hija del cacique. Wiriki estaba al tanto de su propia desventaja, y sin embargo, amaba a Caína. Otras muchachas del pueblo llegaban a sentir envidia por la princesa. Envidiaban su suerte, su belleza, su estatus en la comarca, su relación con la naturaleza y con todo lo que Dios había hecho.

> "En verdad el enojo mata al insensato, la pasión hace morir al necio." (Job 5,2)

> "El corazón manso es vida del cuerpo; la envidia es ca-ries de los huesos." (Proverbios 14,30)

> "¡Dad gracias a Yahveh, porque es bueno, porque es eterno su amor! Dad gracias al Dios de los dioses, porque es eterno su amor. Dad gracias al Señor de los señores,

porque es eterno su amor. El solo hizo maravillas, porque es eterno su amor." (Salmo 136,1-4)

Precisamente esa humildad y lealtad que sentía Amanon Wiriki hacia ella, el amor que le profesaba, la había convertido en la amiga más respetada y amada de Caína. Su corazón era puro, como los cuarzos de los montes. Disfrutaban caminar juntas en la selva; Wiriki presenciaba la forma en que la naturaleza le abría las puertas de par en par. Admiraba la conexión que había entre Caína y Dios. Entre Caína y el espíritu de la selva.

—Apötököp e´day —le decía Caína mientras dejaba un beso en su frente. Es la forma dulce que tienen los pemones de decir te quiero.

Amanon echaba de menos su presencia. Con Caína entre ellos, la selva era amable. Echaba de menos su cariño, sus palabras. Estaba convencida que la belleza de Caína residía en la conexión que guardaba con Dios, una conexión tan estrecha, que él respondía a través de todas las criaturas.

Pensando en ella esa mañana, agachada junto al río, Amanon Wiriki percibió un olor chocante en la atmósfera. Un olor desagradable y penetrante, como a madera quemada.

La chica se levantó. Su olfato advertía que el origen de ese fuego no debía estar lejos. Guiada por su nariz, siguió el rastro de aquel olor. No era madera. Olía más bien a hoja podrida, a hoja quemada. Pensó en Caína. Algo le dijo que se trataba de ella. ¿Era posible que lo fuera, finalmente? Se abrió paso entre los árboles tumbados y los bejucos. Con paso constante y cauteloso siguió el rastro. Rogó a Dios que fuera ella. Se sintió embargada de un sentimiento inusitado: de algún modo se sintió acompañada de la selva.

Caminaría un kilómetro, cuando entre dos enormes fachadas pe-dregosas, atisbó a una silueta. Desde luego se trataba de una mujer, parada en la lejanía, a la que el viento cálido hacía ondular su larga cabellera.

—¡Caína! —gritó Amanon.

Era ella, sin duda era su amiga. Corrió hasta ella en auténtico alborozo.

—¡Caína!

—¡Amanon Wiriki! —vociferó Caína.

> "El amigo fiel es un apoyo seguro, quien lo encuentra, ha encontrado un tesoro. El amigo fiel no tiene precio, su valor es incalculable. El amigo fiel es un elixir de vi-da, los que temen al Señor lo encontrarán. El que teme al Señor orienta bien su amistad, porque, según sea él, así será su amigo." (Siracides 6,14-17)

Se juntaron en un abrazo largo y profundamente amoroso. Ama-non lloraba de alegría, hablaba, la abrazaba, contaba que todos la daban por muerta. Cuando su emoción dio paso a cierto alivio, Amanon vio la figura de una chica desventajada, delgada e hirsuta.

—¿Qué te han hecho? —preguntó espantada por aquella deplora-ble imagen— Regresemos a casa. Tu padre te espera. El pueblo te es-pera.

—No puedo —se negó Caína.

—¿Por qué?

—Yarimba me ayudará a que regrese mi amado.

Amanon Wiriki no comprendió lo que Caína decía.

—Mira —dijo Caína—. Llevo oro y frutas para el dios de Yarim-ba. Traerá de nuevo la dicha a mi corazón.

—¡Mö ekö ! —profirió Amanon—. ¡Qué dices! ¡Yo conozco a tu Dios, el Dios maravilloso de cual me hablaste! ¡Estás equivocada!

—Regresa a casa, Amanon Wiriki. Todavía no es mi momento.

Amanon le rogó, pero Caína no escuchó sus súplicas. Volvió la espalda y se internó en la selva con las cestas llenas de oro.

> "Por eso, yo cerraré su camino con espinos, la cercaré con seto y no encontrará más sus senderos; perseguirá a sus amantes y no los alcanzará, los buscará y no los hallará. Para que diga: "Voy a volver a mi primer marido, que entonces me iba mejor que ahora." No sabía ella que era yo quien le daba el trigo, el mosto y el aceite virgen, ¡yo le multiplicaba la plata, y el oro lo empleaban en Baal!" (Oseas 2,8-10)

Pero Amanon no obedeció a su princesa. No podía regresar sin Caína ahora que la había encontrado. Lo que fuere que la estaba atormentando, ella lo encontraría.

Esperó a que Caína se adelantara y fue tras ella. Se deslizaron por una pendiente, atravesaron arroyos y bejucales. Durante una hora Amanon Wiriki persiguió a su princesa en la distancia. Luego la vio internarse en una cripta de piedra, allí se perdió. ¿Era prudente regresar por ayuda? No, no tenía tiempo. Caína podía estar en peligro.

Pasados algunos minutos, Amanon atravesó el umbral de la cueva. Allí, posada a los pies de una figura mitad hombre, mitad animal, yacía Caína Libertad. Vio que las paredes estaban cubiertas de cuarzo y sangre.

—Regresa, regresa —imploraba Caína. Su voz retumbaba en la cueva.

A su lado, vio a la mujer que le acompañaba. Tenía encendido en la mano un rollo de hojas de las que absorbía el humo. «Con que esta es la fuente de ese nauseabundo olor», pensó Amanon. Vio el suelo de la caverna forrada de oro, el oro que su princesa recogía para ella. A través de la semi luz que entraba por las estrechas aberturas, pudo ad-vertir que junto a la estatuilla se apiñaban montículos de cráneos de animales. «¿Qué es todo esto?», se dijo horrorizada.

—¡Caína! —bramó Amanon saliendo de las sombras.

La mujer comprendió que habían seguido a Caína hasta la cueva.

—¿Qué haces? Levántate. —La tomó por el brazo.

—¡Pasankekai ipanpé! —le advirtió Yarimba—. ¡Aléjate de ella!

—Ven conmigo —dijo Amanon haciendo caso omiso de la mujer.

—Ella me ayuda a recuperar a mi amor. Hará que él regrese —dijo Caína.

—¡Levántate, te está engañando!

Pero Yarimba, enfurecida de que la joven Amanon Wiriki arruinara sus planes, comenzó a vociferar:

—¡Mi Dios te mandará la muerte!

—Tu dios no tiene ningún poder sobre nada. Ni él ni tú.

> "No tendrás otros dioses fuera de mí." (Éxodo 20,3)
>
> "Por eso, queridos, huid de la idolatría." (1 Corintios 10,14)
>
> "¡Que vayan las ciudades de Judá y los moradores de Jerusalén, y que se quejen a los dioses a quienes inciensan!, que lo que es salvarlos, no los salvarán al tiempo de su desgracia." (Jeremías 11,12)
>
> "¿De qué sirve un ídolo, obra de escultor, si es imagen fundida, oráculo engañoso? ¿Puede en él confiar su creador, artífice de ídolos mudos?" (Habacuc 2,18)

Yarimba no estaba dispuesta a perder los servicios de la princesa, a quien la naturaleza le permitía extraer dócilmente sus metales. De modo que se fue sobre Amanon Wiriki, azotándole con un palo.

—¡Caína! —vociferó—. ¡Vamos!

Caína no pudo moverse. Ni siquiera dio un paso en defensa de Amanon. Su mirada estaba puesta en otro lado, en el mar, en un hom-bre.

Amanon Wiriki retrocedió.

Como comprendiera que la mujer había esclavizado a Caína, y que no estaba dispuesta a dejar que la llevaran, Amanon Wiriki tomó velozmente el sendero de regreso. Corrió sin mirar atrás. No supo dónde ponía los pies ni las manos. La selva se le hizo corta.

Cuando tocó el suelo anaranjado de Kavec, el sol ya se había metido detrás de los tepuyes.


Yarimba era el nombre de una mujer que años atrás había sido ex-pulsada de la aldea. Sus prácticas siempre fueron dudosas a los ojos de la gente, y la gobernaba, además, una personalidad codiciosa y tempe-ramental. Se trataba de una vieja enemiga de Barrikä.

Esto lo sacó Amanon Wiriki de la boca de una anciana llamada Yapikö, que en lengua originaria significa abrazo. La mujer narró la historia de una bruja temible y ambiciosa. Gustaba de prometer cosas a la gente incauta y engañarla con extraños hechizos.

De noventa años, Yapikö sabía quién había nacido y muerto en algo menos de una centuria. Barrikä la llamaba Amai Yapikö —mamá

Yapikö—, a quien consultaba sus decisiones y escuchaba gustosamente la historia de su gente. Decían que era la única mujer capaz de descifrar las emociones de los aldeanos con solo mirarle a los ojos. Y para cada cosa guardaba un sabio consejo.

La historia que contó la anciana Yapikö fue la siguiente:

En la aldea había dos jóvenes muy hermosas. Ellas crecieron siendo muy amigas, pero había una gran diferencia entre la personalidad de ambas: Maya era dulce, humilde, trabajadora. Nada ambiciosa, se conformaba con lo que tenía y mostraba gratitud a Dios por lo bueno y por lo malo. Su amiga Yarimba, aunque muy bella, era ambiciosa y soñaba de ser la reina de un imperio muy rico. Muchos decían que en sus ojos escondía su maldad. Envidiaba a Maya porque ella se ganaba el cariño de todos; mientras que a ella la despreciaban por su mal carácter. Ya adultas, Maya y Yarimba se enamoraron del hijo del cacique. Sí, sí, Barrikä. Para entonces, el papai de Barrikä le dijo a su hijo: «Hay dos bellas muchachas en la aldea. Escoge la mejor para que te ayude a gobernar cuando yo ya no esté». Así comenzó Barrikä a conocer a cada una y cuando llegó el momento de elegir a la que sería su esposa, eligió a Maya.

Fue así como Amanon supo que la madre de Caína y Yarimba habían disputado el amor de Barrikä. Eso, y que Yarimba, profundamente celosa, entre gritos y llanto le juró a Barrikä que su liderazgo no triunfaría. Así que antes de que se celebrara el casamiento entre Maya y el cacique, Yarimba huyó de la aldea con planes de vengarse de él.

—Ahora dime —preguntó la anciana—, ¿por qué preguntas? ¿Encontraste a Caína?

Amanon no estaba preparada para esa pregunta. Mucho menos para la respuesta, porque en realidad no sabía a ciencia cierta si contando a Barrikä lo que había visto, era traicionar a su amiga o salvarla.

Yapikö, que sabía de silencios, comprendió lo encontrada que se hallaba Amanon.

—¿De qué sirve saber lo que ahora sabes —dijo— si no harás nada con ello?

Una tarde, persuadida por las palabras sabias de Yapikö, Amanon Wiriki se plantó frente al agonizante Barrikä:

—Gran tatai, a Caína la tomó una bruja de esclava. Se llama Yarimba. Yo la vi.

El anciano detuvo la hamaca. «¿Yarimba? —se dijo— ¿Vive?». Hace más de cuarenta años que no escuchaba mencionar el nombre de la mujer que lo maldijo, a él, a su familia, a la comarca. «Llegó la warpö», susurró, que era como decir que habían llegado las tinieblas al pueblo. Así que, después de todo, la bruja cumplía su palabra. Ha pasado tanto tiempo y su corazón sigue siendo igual de vengativo. Por encima de estos pensamientos, como una marca de agua, sintió alivio de saber que Caína estaba viva. Lo sabía. Solo faltaba su confirmación.

—¿Dónde está? —interrogó Barrikä por fin.

Amanon Wiriki señaló con el dedo a la distancia: al pie del Auyantepuy.

> "Pues nada hay oculto si no es para que sea manifesta-do; nada ha sucedido en secreto, sino para que venga a ser descubierto" (Marcos 4,22)

—La tiene sometida —dijo la joven Amanon—adorando a un fal-so dios. Caína le sirve, ofrendándole tesoros, esos que el Dios verdadero le obsequia.

Eso era lo que necesitaba escuchar el padre de Caína, confirmar que estaba viva. La tristeza de perderla había debilitado todavía más su salud. Sintió que le abandonaban las fuerzas. Amanon lo ayudó a levantarse del chinchorro. Su serenidad, la misma de alguien que sabe lo que tiene que hacer, le inspiró confianza a Amanon.

—Dígame qué debo hacer —dijo ella, preocupada por la debilidad del cacique.

Le dio instrucciones de llamar al indio Auyan. Y esto hizo veloz-mente.

Cuando Auyan atravesó la recámara, el Gran Barrikä todavía hacía grandes esfuerzos por respirar. Lavó el rostro y las manos del anciano.

—Reúne a los más fuertes —dijo Barrikä con dificultad—. Ve y busca a Caína y rescátala de las fauces de la warpö.

Esas fueron las instrucciones que le dio el cacique al indio Auyan antes de que su aliento se uniera para siempre con la brisa que a esa hora mecía el cabello de las palmeras y los matorrales.

La muerte del cacique produjo un gran revuelo en la aldea. Fue recibida con alaridos y el llanto copioso de mujeres y parientes. Como de costumbre, las mujeres rodearon al difunto y lo lloraron, mientras los hombres organizaban el ritual funerario ajustado a la importancia de su jefatura. Lo ataviaron hermosamente con prendas preciosas, quisieron devolverlo a la tierra tal como vivió. Sobre su cuerpo dibujaron al hombre sabio y aguerrido que fue, el que había marcado una época de abundancia para el pueblo. Lo enrollaron en su chinchorro; adentro, pusieron sus pertenencias más amadas: su arco y su lanza. Con esos objetos fue enterrado. Los hombres rodearon el fuego durante horas danzando y cantando a coro su despedida.

El gran Barrikä se había unido a las estrellas del firmamento.

Nomás se dio por terminado el ritual, el indio Auyan organizó una asamblea en la que informó la situación de Caína. No tardó en reunir armamento, hombres y curiaras. Irían en búsqueda de la hija del caci-que a través del río siguiendo las instrucciones de Barrikä: a la cabeza de Amanon Wiriki.

> "El temor de Yahveh es el principio del conocimiento; los necios desprecian la sabiduría y la instrucción." (Proverbios 1,7)

> "El temor del Señor es sabiduría, apartarse del mal, in-teligencia" (Job 28,28)

> "Y ahora, Israel, ¿qué te pide Yahveh tu Dios, sino que temas a Yahveh tu Dios, siguiendo todos

sus caminos, amándolo, sirviendo a Yahveh tu Dios con todo tu corazón y con toda tu alma?" (Deuteronomio 10,12)

Al amanecer, la pequeña flota que armara el indio Auyan penetró la selva.

Introdujeron las curiaras por los bordes del río; la expedición to-maría algunas horas, y sin embargo, sería mucho más fácil acometer a Yarimba de esta forma que atravesando la montaña a pie.

Amanon Wiriki iba a la cabeza de la curiara principal junto al indio Auyan. Hasta ellos llegaba el chillido de los monos y los pájaros. Las montañas se presentaban imperturbables y herméticas de lado a lado. Solo a veces, una serpiente caía de una rama a las aguas, causando un sutil estrépito.

Detuvieron las balsas al noreste del tepuy. Amanon reconocía la ruta. Habían llegado a la cuenca donde percibió el tufo del algo podrido y quemado. Luego subieron la cuesta. Los hombres atravesaron la selva guiados por la memoria de la muchacha.

—Allá —indicó Amanon con la mano.

Señalaba la cripta de Yarimba a lo alto de una montaña.

En veinte minutos un pequeño ejército de indios bordeaba la en-trada. Yarimba los esperaba sentada sobre una roca.

—Volviste —le dijo a Amanon en tono riente—. Y traes a mi casa a mis enemigos. Debo pensar cómo castigar esta imprudencia.

—Es ella, la bruja —indicó la chica a Auyan, sin amilanarse—. Tiene hechizada a Caína.

Yarimba rió con escándalo:

—¿Caína? ¿Una jovencita que anda llorando por un hombre en toda la sabana? —Se echó a reír—. No, no sé de quién hablas.

—¡Apártate —advirtió Amanon— o pasaremos sobre ti!

De todas formas no esperaron, porque Auyan ya había tomado la iniciativa de abrirse camino. Dio señales a los hombres y pasaron al interior de la cueva, haciéndose acompañar de la mitad de ellos. En efecto, Caína yacía tendida frente a una extraña estatuilla, mitad hom-bre, mitad lo que parecía un tapir. Frente a la imagen, vieron decenas de cabezas de animales cuya sangre pintaba el suelo pedregoso.

—Caína, levántate —indicó Amanon.

La muchacha no pudo responder. Semiacostada sobre una roca, lucía sumida en un estado de ensoñación. No tenía muy claro quién era, ni dónde estaba, ni quiénes la estaban imprecando.

—Soy yo, Amanon Wiriki. —La chica se agachó y retiró del rostro ensangrentado de su amiga mechones de pelo tieso—. Vamos, princesa.

—No puedo —respondió Caína sin defenderse del todo—. Debo quedarme hasta que regrese mi amado.

—No regresará —dijo—. Esta mujer te está embaucando. Te está usando para despojarnos de lo que nos pertenece. Vamos a casa.

Caína se negó. Tampoco tenía fuerzas para seguirla. De inmediato se dio cuenta que había sido rodeada por su propia gente.

—Me has traicionado —dijo con tristeza.

Amanon comprendió que había una mejor forma de hacerla entrar en razón:

—Tu padre ha muerto —dijo.

Caína escuchó estas palabras y no las entendió de principio. Ob-servó el suelo, las flores, las frutas salpicadas con sangre de animales. Luego lloró profusamente.

—Llévensela —ordenó Amanon. Su voz fue rotunda y seca. La cueva la devolvió en una serie de ecos.

Auyan siguió este mandato. Tomaron a Caína por la fuerza y la sacaron de la cripta, aun sobre los gritos enfurecidos de la bruja que se había subido a la roca a deslenguarse en frases violentas contra Barrikä y toda su descendencia.

Amanon Wiriki ignoró sus amenazas y encabezó la fila de los hombres que se internaron en la selva llevando a cuestas a la hija des-mayada del cacique.

# 9
# EL RETORNO DE CAÍNA

El grupo de expedición tocó el suelo de Kavec a altas horas de la madrugada. A la entrada, los esperaba la anciana Tenamai-tesen. No reconoció de inmediato a su nieta, porque la mujer que regresaba no guardaba relación con la joven que conocía. Su semblante era más el de un espanto que el de una mujer viva.

Adentro la lavaron, quitaron de su piel costras de sangre y tierra. La recostaron en su recámara.

—Abuela —dijo, venida en llanto—. ¿Dónde está mi padre?

Tenía la esperanza de que Amanon Wiriki le hubiere mentido.

—Tu padre está ahora sobre los tepuyes —la consoló Tenemai-tesen—. Cada vez que quieras verlo, solo mira el firmamento.

Y finalizó:

—Recupera la fuerza y ocupa el lugar que te corresponde. Vienen momentos difíciles para nosotros.

Caína durmió seguidamente durante dos días con sus noches. Su cuerpo pedía restauración. El cabello, las manos, los pies, acusaban el maltrato de un trabajo excesivo, agotamiento y hambruna. En su rostro se dibujaban las huellas incisivas de un delirio. Sufría la primera fiebre del amor, esa que asfixia cuando se pierde. Era muy joven, no estaba preparada para un primer fracaso amoroso.

—¿Quién lo está? —le preguntó Tenemaitesen a Amanon observando a Caína dormir—. Nadie. La primera vez que nos enamoramos, podemos morir de eso.

Amanon Wiriki sonrió.

—No quiero caer nunca en ese estado.

—¿Quién sabe? —respondió la anciana—. El problema es pensar que todo acaba ahí. Que no podemos continuar.

—Enséñale eso a Caína —objetó Amanon—. Parece que necesita aprenderlo.

—Mi niña —respondió Tenemai sonriendo levemente—. Hay cosas que no se enseñan. Hay cosas que solo debemos aprender sin ayuda de nadie.


Cuando el sueño por fin restauró el cuerpo de la muchacha, cuando hubo de descansar de la dureza de las rocas, Caína abrió los ojos y encontró que estaba en su recámara, a mitad de una realidad contundentemente distinta: sin Tadeo, y sin su padre. Se quedó en el chinchorro un buen rato, adaptándose a los nuevos cambios.

Ya no podía llorar. Ya lo había llorado todo. Sin embargo, se sintió perdida. Ya su padre no estaba allí para orientarla. Ni su padre, ni Yarimba, ni Tadeo.

Por primera vez la embargó el sentimiento de una profunda sole-dad. Se había alejado de todo. Miró hacia adentro, y no vio a Dios. Todavía no entendía que la nueva situación la estaba impulsando hacia la transformación de su ser. «Cuando aprendemos a estar solos, es en realidad cuando aprendemos a amar», dijera su padre. Pero ya Barrikä no estaba ahí. Además, todavía no había llegado el momento de comprender estas sentencias. Caína era joven. Debía emprender su propio camino, llegar a conclusiones propias, escribir sus propias parábolas.

Y precisamente por eso tomó varias decisiones mientras tomaba el baño y se vestía: tomaría su lugar, como hija del cacique, y traería de vuelta a la aldea a Yarimba. Sin madre, sin padre, sin amor, necesitaba una columna con la que sostenerse. Habiendo tomado esta determinación, se abrió paso entre su gente y se plantó sin consultar a nadie las decisiones que había tomado. Tal vez se le vio afligida, pero más resuelta.

—Mi padre ha regresado a la fuente originaria —se dirigió Caína a la asamblea—. Su partida conmueve mi corazón, y nos obliga a entrar en un nuevo tiempo. Que esta nueva época sea marcada por nuevas alianzas.

Así habló Caína ante los capitanes y ancianas de su círculo cerrado. En principio, parecía dominada por cierta ecuanimidad y sensatez. Pero minutos más tarde, esa percepción cambió radicalmente. Porque Caína dio a conocer su decisión de traer a Yarimba a la aldea.

La asamblea respondió con un soberano revuelo.

—No puedes hacer esto —se levantó Amanon—. Ella ofendió a nuestro Dios, a tu padre, a tu madre, a todo nuestro pueblo.

—En perdonar está nuestra grandeza —respondió Caína—, querida Amanon Wiriki. Dejemos que el perdón marque esta nueva época que inicia

El debate duró unas horas más. El grupo se había divido a favor de Amanon y Tenamai-tesen, y otro a favor de Caína. De cualquier forma la decisión estaba tomada. No habría nada, ni nadie, que se opusiera a su resolución. Caína ponía a prueba, por primera vez, la calidad de su fuerza. Pero también la calidad de sus decisiones. No tardaría en descubrir que una obstinación personal puede convertirse en un mal mayor, y que los caprichos íntimos deben separarse del destino común de su gente.

Yarimba regresó a su pueblo originario cuarenta años después de que le había maldicho, reclamada por la hija del hombre a quien amó, y por quien fue aborrecida en su mocedad. Su juramento estaba hecho. Sus maldiciones habían repercutido a su favor. Entraba a la aldea escoltada por un grupo de hombres fornidos, pero no era recibida como soñó, con alegría, cánticos, gloria. No podía haber gloria en el regreso de una mujer afianzada en el rencor. Nunca la hay. Fue recibida por un pueblo silencioso ocupado en esconderse de ella: por un pueblo ofendido y amedrentado.

Quienes la vieron pasar a la casa de Caína lo hicieron detrás de las ventanas. Amanon Wiriki ya estaba lejos para verla entrar con su sonrisa hiriente. Se había marchado de la aldea, dando la espalda a una mujer que ya no era su amiga. Y Tenamai-tesen, encerrada en su cámara, solo escuchaba los pasos de los hombres que dejaban frente a la puerta de Caína una nueva desgracia. «Tu hija es muy joven para comprender —le decía la anciana a su hijo Barrikä como si pudiera oírla—, que perdonar al enemigo es muy distinto a traerlo a casa».

Eso era lo que había hecho Caína: cubrir su soledad con las pala-bras falsas de una bruja, cubrir su herida con las falsas esperanzas de recuperar lo que nunca tuvo. Entender que aquel hombre jamás le ha-bía amado iba a tomar tiempo.

Y mientras eso ocurría, Yarimba se instalaba en el centro de sus dominios, operando suavemente para oprimir a los aldeanos y a su líder bajo los mandamientos de un dios ficticio y voraz. Al fin de cuentas, no solo le habían abierto las puertas a ella: también había hecho montar sobre un pedestal en el centro del patio de ceremonias, al dios mitad hombre, mitad tapir.

—Nanike´edai —dijo un niño detrás de las piernas de la madre, cuando vio la figura aterradora del nuevo dios en mitad del patio.

El miedo fue común a todos. El rostro voraz de aquella figura empañaba la dulzura de la sabana. Era ajeno a todas sus costumbres, sus facciones terribles inspiraron temor en lugar de confianza y libertad. Caína se encontraba abstraída en su obstinación como para poder verlo. Estaba tan embebida en su herida, en hacer retornar al hombre a quien le había entregado su cuerpo, que ni siquiera vio la forma en que la gente más la amaba se alejaba de ella.

> "Ay de los hijos rebeldes - oráculo de Yahveh - para ejecutar planes, que no son míos, y para hacer libacio-nes de alianza, mas no a mi

aire, amontonando pecado sobre pecado!" (Isaías 30,1)

"Yo, Yahveh, soy tu Dios, que te he sacado del país de Egipto, de la casa de servidumbre. No habrá para ti otros dioses delante de mí. No te harás escultura ni imagen alguna ni de lo que hay arriba en los cielos, ni de lo que hay abajo en la tierra, ni de lo que hay en las aguas debajo de la tierra. No te postrarás ante ellas ni les darás culto, porque yo Yahveh, tu Dios, soy un Dios celoso, que castigo la iniquidad de los padres en los hijos hasta la tercera y cuarta generación de los que me odian" (Éxodo 20,2-5)

## 10
## UN BARCO ATRACA EN KAVEC

La noticia de que una nueva embarcación encallaba en la orilla del río sacó a Caína de su choza. Un punto de felicidad se puso sobre su cabeza: los sacrificios habían dado resultado. Fue lo que le hizo saber a Yarimba, a quien cubrió de besos y abrazos inspirados en gratitud.

—Waküpe kru´man —le dijo mientras la abrazaba.

Corrieron al encuentro de los visitantes, trajinados en adaptarse al paisaje en la boca de la cuenca. Desesperada, Caína pasó revista por las decenas de hombres que se habían bajado de la embarcación. Para su sorpresa, no reconoció a ninguno, ni encontró entre aquellos rostros la suave belleza del hombre de ojos de jaguar. ¿Qué significaba? No era posible que ojos de jaguar hubiere olvidado la ruta. ¿En realidad la había abandonado?

Hacia ella caminó un sujeto alto de barba dorada. Venía sonriente, parecía complacido de verla:

—Vengo de parte de José Tadeo Anzola —dijo el hombre.

Caína suavizó su angustia; les conminó a que la siguieran. Hizo preparar un festín, y de inmediato condujo al mensajero a la intimidad de sus aposentos. A la sombra de Yarimba, quien no se despegaba ni un instante de ella, escuchó la historia que salió de la boca de ese hombre.

—¿Enfermo? —repitió aterrada.

El relato del hombre, quien se presentó formalmente como Fer-nando Jerez, contaba los sufrimientos por los que había pasado el señor Tadeo desde que regresó a su tierra. Las enfermedades que adquirió su tripulación en las costas, el rechazo de las autoridades de financiar su retorno. Total que aquel hombre justificaba la ausencia de Tadeo y sembraba en el corazón de Caína la esperanza de ir con ellos y encontrarse con él.

—Hemos venido a buscarla —mintió el hombre.

Caína escuchó atentamente las palabras del sujeto que bebía y co-mía sin ocultar el hambre y la sed ante el banquete que los indios sirvieron a los comensales. Bebía desproporcionadamente un licor llamado parakarí, hecho a base de la fermentación de la yuca. Toda la tropa parecía estar acostumbrada a sus efectos; a la borrachera del parakarí, a las costumbres de los aldeanos, a muchos vocablos.

La joven hija de Barrikä se había dejado contagiar por la alegría del encuentro y bajó los niveles de aprehensión. «No veo razones para alarmarse», le murmuró al oído Yarimba. Pero necesitaba pensar. Y esto sí lo hizo a solas, debajo de un grupo de altos morichales . Jamás había considerado la opción de marcharse, de abandonar sus tierras. Estaba convencida de que el mundo era simplemente una extensión de la sabana, aunque su intuición le dijera lo contrario. ¿Qué hacer?, se preguntó. Miró el firmamento, por si sus padres le enviaran alguna señal. Solo escuchó el rumor de los grillos debajo de los matorrales y de las ranas cantando en la oscuridad de los pozos.

¿Qué hacer? Yarimba parecía empatizar con esa nueva gente, confiaba en ellos. ¿Qué diría la anciana Tenemai-tesen? No podía saberlo, la anciana se negaba a verla. Tal vez era el momento de abrir nuevos caminos a su pueblo, pensó. Y en verdad, los ancianos de aldea no se mostraban de acuerdo con los cambios. ¿En manos de quién podía dejar el destino de su gente mientras estuviere lejos?

—El viaje es largo —le dijo Fernando en cierta oportunidad—. Necesitaremos provisiones de alimento y oro.

Los preparativos de su partida ocuparon a Caína durante dos se-manas. La embarcación de los navegantes se llenó de maíz, frutos, animales y metales preciosos. Los indios desgranaron los mazorcales, sacaban oro de los ríos, cuarzos de las riberas, zafiros de las cuevas. «El viaje es largo», repetía para sí misma Caína. Mientras tanto, Yarimba soñaba con que la ausencia de Caína le dejaría en manos del pueblo de Barrikä.

Tenemai-tesen miraba el revuelo desde su cámara. «El despertar de tu inocencia —decía— nos costará caro».

"Los labios mentirosos abomina Yahveh; los que prac-tican la verdad alcanzan su favor." (Proverbios 12,22)

"Pensando estás en crímenes, tu lengua es una afilada navaja, oh artífice de engaño." (Salmo 52,2)

"Guarda del mal tu lengua, tus labios de decir mentira." (Salmo 34,13)

"No me entregues al ansia de mis adversarios, pues se han alzado contra mí falsos testigos, que respiran violencia." (Salmo 27,12)

Las profecías de Tenemai-tesen se cumplieron a cabalidad. La inocencia de Caína había llenado la embarcación de las riquezas de sus tierras. La promesa del reencuentro mantuvo absorta a la hija del gran Barrikä. Sus ojos puestos en el horizonte no estaban en el presente, para observar las atrocidades que comenzaron a practicar aquellos forasteros.

El espíritu de la ambición muy pronto salió a la luz. La ferocidad de su deseo no solo se limitó a obtener de la tierra las riquezas: también el de tomar los cuerpos de las mujeres.

Una noche, empantanados por los efectos del parakarí, un grupo de blancos penetró las alcobas de las muchachas. En la oscuridad de la noche, se escuchó el grito de mujeres sorprendidas en sus chinchorros, algunas de ellas amamantando a sus crías.

Sujetos de rostros desenfocados por el deseo y el licor tomaban por la fuerza a las mujeres de la aldea.

Caína despertó. La sacó del sueño el grito de una mujer cerca de su choza.

—¿Qué pasa? —preguntó confundida a un joven que corría con una antorcha en la mano.

—Los forasteros están violando a las mujeres.

El joven desapareció. Acto seguido, frente a Caína, la ira de su pueblo se levantó contra los visitantes. El combate era velado por la oscuridad de la noche. La furia había desatado una verdadera revuelta. No podía distinguir a un indio de un blanco, a una mujer de un agresor. Todo estaba confuso, los gritos y los golpes parecían venir del mismo lado.

En la disputa, el dios de barro cayó al suelo. Caína vio volar en pedazos todas sus partes. Vio que todo se arruinaba, la aldea pacífica de Barrikä ardía en ira y el fuego comenzaba a morder los techos de las casas.

Vio, medianamente en la penumbra, que un grupo de aldeanos enfurecidos prendían fuego a la embarcación de los extranjeros. Algunos de ellos lograban escapar en barcas más pequeñas, tragados por la oscuridad de la cuenca para siempre.

No era precisamente el desenlace que había esperado en su cora-zón. Como pudo, se internó en la revuelta. Sacó a un bebé privado en llanto del interior de una choza que comenzaba a arder. Vio a la madre tendida en la tierra, apuñalada.

Caminó hacia otras casas, salvó lo que pudo, sin saber si lo que pisaba estaba vivo o muerto. Buscó rostros familiares en la oscuridad, ayudada con el fuego tímido de un mechurrio. Todo estaba revuelto, su gente con la gente extranjera.

Solo el amanecer revelaría el alcance de aquella terrible catástrofe.

Nada quedó de pie. El sol de la mañana iluminó a un pueblo arra-sado por el fuego, el deseo, y la furia.

Caína se abrió paso entre quienes quedaban vivos, y, avergonzada, indignada, hizo un inventario de lo que había quedado medio intacto.

Entre los cuerpos inertes vio el de Yarimba; también había sido violada y acuchillada. Todo, todo estaba cubierto bajo sangre y cenizas. Los techos, los recintos de abastecimiento, las casas, todo había sido arrasado.

—¿Qué he hecho? —musitó, levantando a una mujer que respira-ba con dificultad bajo las tapias de un techado.

Vio al dios-tapir destrozado. A Yarimba inerte. Casas de donde todavía salía una leve humareda. Vio blancos destrozados. Embarcaciones quemadas a orillas del río.

De las sombras de un matorral salió Tenemaitesen. Traía en su mano un cuchillo ensangrentado.

—¡Ko´wai ! —Caína corrió en su auxilio. Hizo que llevaran a la anciana a su viejo lecho.

—Perdóname —dijo Caína, entrando en llanto.

—¿Cuánto debe pagar un pueblo —le dijo— la inocencia de sus gobernantes?

Caína lloró. Ahora tenía verdaderas razones para hacerlo.

> "Por el contrario, esto es lo que haréis con ellos: demoleréis sus altares, romperéis sus estelas, cortaréis sus cipos y prenderéis fuego a sus ídolos." (Deuteronomio 7,5)

> "Destruiré vuestros altos, abatiré vuestros alta-res de incienso, amontonaré vuestros cadáveres sobre los cadáveres de vuestros ídolos, y yo mismo os aborreceré. Reduciré vuestras ciuda-des a ruina y devastaré vuestros santuarios, no aspiraré ya más vuestros calmantes aromas. Yo asolaré la tierra, y de ello quedarán atónitos vuestros mismos enemigos al venir a ocuparla." (Levítico 26,30-32)

> "Cuando grites, que te salven los reunidos en torno a ti, que a todos ellos los llevará el viento, los arrebatará el aire. Pero aquel que se

ampare en mí poseerá la tierra y heredará mi monte santo." (Levítico 26,30-32)

"No os hagáis ídolos, ni pongáis imágenes o es-telas, ni coloquéis en vuestra tierra piedras gra-badas para postraros ante ellas, porque yo soy Yahveh vuestro Dios." (Levítico 26,1)

## 11
## LA RECONSTRUCCIÓN

Una vez que el fuego se apagó, que los pueblerinos restauraron las casas, limpiaron los patios, sanaron los heridos, sacaron los pedazos del dios de Yarimba, y fueron recogidos los restos que había dejado la violencia, Caína se detuvo a observar la ruina. «Es espantosa», decía en sus adentros. Era imposible dejar de comparar aquella aldea rica, marcada por la abundancia de personas de corazones nobles, que compartían sus riquezas sin mezquindad, la aldea abierta para todos aquellos indígenas que llegaban a buscar refugio huyendo de sus tierras donde no eran tan afortunados, la aldea de su padre, con la que ahora tenía ante sus ojos.

Al ver todo aquel panorama de destrucción, Caína comenzó a llo-rar amargamente en el centro del patio, en el mismo lugar que ella ha-bía escogido para adorar aquella estatua donde le rendía culto, involu-crando a su gente entre rituales y prácticas.

Pero en aquel dolor del luto más grande de su historia, estaba frente a ella el indio que había sido la mano derecha de su padre, aquel que aunque tuviere los años encima, se encontraba fuerte y sólido. Su mirada reflejaba todo el verdor de la selva. En silencio la observaba llorar; recordaba a Maya: su profecía se había cumplido; él estaba allí como testigo de la desgracia que había caído en aquella tierra, así como la llamó aquel líder de la expedición cuando por primera vez puso un pie en aquel paraíso terrenal. «El edén perdido de Dios», exclamó, habiendo leído las sagradas escrituras, deslumbrado por la cantidad de riquezas naturales, viendo cómo aquellas aguas a tamaña altura descendían por las riberas de oro, pupilas para muchos que ambicionaban riquezas. En aquel patio estaba su niña, la niña de su padre, de su hermano; su origen, su tierra, llorando las lágrimas amargas que mojaban aquel suelo haciendo surcos, y por allí corrían hacia el río, y luego desembocaban al mar que les rodeaba. Y al evaporarse, se formaban nubes grises preñadas del llanto de su gente, y al llover en otros lugares, caían al suelo pidiendo auxilio por su esclavitud.

Caína, en medio de aquel dolor, observó a Auyan. Se levantó y le estiró su mano para que recibiera su lanza, heredada de su padre, aquella lanza de punta de oro, y con las palabras envueltas en quejidos le dijo:

—Vigila la cuenca e impide que nuevos extranjeros pisen a Kavec. Busca a Amanon Wiriki y solicítale mi perdón y compasión, pues esta guerrera ha caído.

Y dando la espalda fijó su mirada frente a la gran sabana. Su cuerpo se revestía de derrota porque había visto los ojos de odio en la mirada de Yarimba. Había visto los ojos a la traición en la mirada dulce y azul Tadeo. Había visto los ojos del coraje en la mirada de su gente. Había visto los ojos de la mansedumbre en su corazón. Impulsada por aquel dolor subió a la montaña; sentía la necesidad de volver de nuevo aquel lugar. «Para sanar cualquier fracaso se debe volver de nuevo al lugar naciente», pensaba. Y ella había nacido allá. Volver a las aguas sanadoras de espíritus tristes y tomar de nuevo sus aguas. Esa sería la reconciliación de su ser con Dios y con ella misma. Si no se amaba ella, ¿cómo podría amar a los demás?

Caína subió a una curiara; atravesó el río en soledad. La recibió la selva. Mucho rato estuvo atenta a los sonidos de las montañas, en mi-tad de un río aparentemente sereno —porque producía sonidos cuan-do chocaba con las piedras, como coros de voces—. Sentía que eran los indígenas jóvenes que murieron en la lucha por ella. Amparada sobre la curiara, sentada allí, cerró los ojos para escucharlos mejor. Sentía su nombre repetirse varias veces por cada sonido chocante: Caína, Caína, Caína Libertad. Y se entregó a un sentimiento de profunda humildad.

Pidió perdón a Dios y a sus padres. Escuchó el viento. Escuchó al kaikuse rugir monte adentro. Escuchó a los loros, a las serpientes. Al maikuri respirar detrás de los troncos. Escuchó a las cascadas caer estrepitosamente sobre las rocas lavadas. Escuchó el chillido de los monos. Y sintió, por debajo de las aguas, escurrirse a la gran anaconda.

Dios estaba en todo eso. Siempre había estado ahí. Solo que Caína se había movido de lugar.

Cuando se hubo conectado con la selva, cuando supo que volvía a entender su lenguaje, Caína desembarcó y pisó tierra firme. Pidió permiso para entrar. Se internó de nuevo en ella y siguió el camino a la gran catarata.

Dos días le tomó llegar a la cumbre. Y sin embargo, nada se com-paraba con el tiempo que le había tomado despertar de su obsesión.

Transitó los farallones y en cada paso que daba, depuraba su alma, dejando sus huellas marcadas en el barro mojado para recordar el camino de regreso cuando su corazón ya fuera limpiado. A lo lejos, vio la morada de Yarimba. Reconoció el camino a la cima del tepuy. Arriba, la gran cascada caía como un gigantesco vestido de garzas. Hasta su rostro llegaba el rocío.

Los pies de Caína tocaron la meseta al amanecer. Ante ella, Dios desvelaba la belleza de la sabana, como también su belleza. En ese lugar le regaló un ángel que decoraba aún más su hermosura; jugaba con su cabellera larga y lisa, que dejaba caer y se confundía con las aguas de la cascada más alta del mundo. Allí dejaba sus rezos, y en cada llovizna que salpicaba aquel lugar, invitaba a su pueblo que pidiera perdón junto con ella.

Oró por su padre. Por sus parientes. Por sus amigos. Oró por las indias que habían quedado embarazadas de los agresores. Por las mujeres que habían sido contagiadas de enfermedades. Estaba rendida. Su corazón ya no ardía de obcecación. Al contrario, había vuelto a él una vieja mansedumbre. Ahora que había visto las consecuencias de su ceguera, pedía perdón al Creador de todo. Pidió por la unidad de su pueblo. Y pidió sabiduría para hacer reverdecer una tierra quemada y desolada.

Allí, sobre la base del mundo, sobre la morada de Dios, estuvo Caína durante días, sin comer, ni beber. Entregada a la oración, entre-gada al encuentro de la renovación de su alma, cosiendo aquella rela-ción que había roto con la selva y con todo lo que la habitaba.

Mientras tanto, los aldeanos no podían apartar la mirada de la gran montaña, a su gran caída de agua. Ese pueblo estaba unido a ella. Decían que allí estaba su esencia, su nombre, pero que también estaba una mujer pariendo con lamentos y culpa.

Ese sentimiento los fortalecía. Decían que no había mejor cosa que el arrepentimiento, y aquella fe puesta en lo que sentían —pero no veían— les trajo lo que esperaban.

Un gran estruendo removió esa tierra de norte a sur. De aquel lu-gar salieron miles de demonios que fueron atraídos por la fuerza de aquellas prácticas abominables de su gobernante y su ayudante, demo-nios que habían esclavizado a un pueblo con sed de libertad. Vieron cómo estos se desintegraban en el vacío de aquel horizonte, y ya, no quedando ninguno de ellos, se sintió una gran paz que trascendía los sentidos.

Fue entonces cuando presenciaron la forma en que aquella cascada se abría como naciendo algo de nuevo. Los aldeanos vieron tocar la tierra de Kavec a una mujer rodeada de luz de varios colores, la misma que permanece al pie de aquella cascada como si fuera un pacto, quizá el de no separarse jamás de Dios. Aquella mujer de cabellera lisa, más hermosa que antes, que iba a encontrarse con su pueblo, caminaba sobre una alfombra de orquídeas. A cada pisada se abrían grandes abanicos amarillos en forma de araguaney. Estos se abrían para soplar una brisa cálida, haciendo el momento aún más feliz, y muchas aves de distintos colores volaban sobre ella lanzándole las flores que traían en sus picos. Fue hermoso cómo los pájaros cubrían de pétalos su larga melena. Los turpiales entonaban cantos melodiosos; los loros verdes, unidos en filas, repetían su nombre marcado en aquella historia de lo que fue y lo que sería luego.

Ella venía con su corazón renovado, con la convicción de que ha-ría reverdecer de nuevo aquella tierra y a su gente diezmada por la pobreza y la desolación.

Tomó un tajo de tierra con las manos y dijo:

—Sobre la tierra quemada construiremos un nuevo tiempo, ampa-rados en la misericordia de Dios.

«Ya no habrá más hambre, ni desolación —dijo—. Aquí llegará de nuevo la abundancia y la paz. Todos podrán vivir seguros en su propia tierra porque Dios no es de cárcel ni sufrimiento. Ni de enfermedad. Tomados de la mano de Dios, reconstruiremos todo de nuevo».

Y así fue.

Cuentan que sobre aquellas tierras secas, surcadas por la herida de la matanza, cayó una copiosa lluvia.

Llovió durante días. Las cuencas de los ríos volvieron a crecer. Brotes verdes salían de la tierra. Animales se acercaban. Las flores se abrían en los bucares como sellando un nuevo pacto. Se notaba en su fauna y flora, en sus ríos copiosos, en sus valles, llanos, lagos, monta-ñas. Todos hablaban cuando recobraban vida. Todo renacía de nuevo.

—Caína Libertad —decían algunos— se ha reconciliado con Dios. Y Dios nos ha reconciliado.

Fueron tiempos de renovación. A la lluvia la sucedió la siembra, la reconstrucción de nuevas casas, corrales, pastizales y asentamientos de seguridad. Los yacimientos de minerales y aquel oro brillante, fue custodiado por ángeles guerreros para no permitir de nuevo su robo.

La voz de que Caína, con sus propias manos y las manos de la gente que se alió a ella, reconstruía la aldea, se corrió por todas las comarcas. Comenzaron a retornar familias de aldeanos, niños, mujeres y hombres cruzaban el río y pisaban de nuevo sus tierras.

—¡Amanon! —gritó un día Caína. La vio regresar, junto a otro grupo de personas.

El abrazo fue largo y compasivo.

—Has vuelto —dijo Caína sollozante.

—No. Tú has vuelto —respondió Amanon—. Entonces yo te acompaño.

Fue así como de un pueblo destruido nació otro. Bajo los techos reformados parían mujeres una nueva generación. Una nueva casta, mezclada con las facciones de sus padres agresores y sus madres.

No descansó Caína un día hasta que cada metro de tierra, cada ár-bol, cada mujer, cada hombre, recuperaba su viejo esplendor. La hija de Barrikä y la hermosa Maya, consolidaba la fe de sus ancestros e infundaba el respeto a un pueblo que veía la forma en que sacaba vida de lo que había sido destruido.

No lo hizo sola.

—De la mano de Dios todo será bendecido de nuevo —decía Caína al grupo de personas que en las noches se reunían a escuchar sus palabras. Tenemai-tesen la escuchaba, llena de gratitud. «La felicidad no enseña lo que enseña la tragedia», pensaba la anciana. «Ya está hecho. El destino de Caína Libertad se ha cumplido».

—Cuanto más te alejes de Dios —le dijo un día la anciana a Caína mientras caminaban por la ribera del río—, más te alejas de ti misma.

—Ahora lo sé, Ko´wai —le dijo.

En eso miraron hacia el horizonte. Una flota de curiaras tocaba las tierras anaranjadas de Kavec. Entendieron que se trataba de distintas castas de indios. Venían cargados de animales, de flores, de frutas. Venían a apoyar la época de restauración.

En eso se aproximó Auyan: había comprendido que su tiempo es-taba completo. Le devolvió su lanza y dijo: recibe tu lanza guerrera;

tú y tu pueblo seguirán siendo la aldea más rica del mundo. Así vio Caína despedirse al fiel amigo de su padre. Se internó en la montaña y dejó su alma sepultada dentro de ella. En adelante, aquel pueblo y todos los pueblos del mundo llamarían a aquella meseta Auyantepuy, una estepa gigantesca que relata una historia cuando dejas tus ojos clavado en ella.

## 12
## EL RELATO DE LAS PIEDRAS

—¡Cuenta de nuevo la historia de mi madre! —pide una joven a los pies de la anciana.

Una bella mujer, de cabellos largos y canos, se mece cobijada en su kamï a la altura del fuego. Cuando recuerda su pasado, su rostro se ensombrece. Ir atrás, volver a ver lo que sus ojos vieron, la llena de nostalgia

—Sí, Ko´wai, cuéntanos de nuevo la historia de Caína —ruega una de ellas.

La anciana achica los ojos y posa la mirada en aquella montaña. Su rostro es iluminado por la fogata. Es Amanon Wiriki, ahora entumecida en un cuerpo de ochenta y dos años. Por las noches, cuando está de buen humor y el río parece serenarse, y las ranas revientan con sus canciones la superficie de los pozos, narra pequeñas historias a las hijas de sus hijas, y a las hijas de Caína. Va agregando hazañas, victorias, luchas, proezas. A veces inventa un poco y tuerce desenlaces, cabalga sobre nuevas aventuras que hacen reír y llorar a sus oyentes. Le gusta contar, dice que para eso se llega a vieja: para dar cuentas del pasado.

Esta vez, la acompaña un grupo de señoritas que se trenzan el ca-bello entre ellas. El fuego ilumina las retinas de Amanon. Tantas veces ha contado esa historia… Conoce la historia de Kavec más que nadie: ella misma ayudó a Caína a reconstruirla y a defenderla.

—La historia de Caína Libertad está grabada en las paredes más altas del Auyantepuy —dice. Toma un trago de sopa de la cuenca. Medita un poco antes de empezar.

Las muchachas se acomodan. Escuchan con atención. Es que la voz de Amanon Wiriki sosiega sus corazones y pone a todo el color de sus relatos.

—Caína nació una noche oscura y borrascosa, a los pies de un te-puy, en un poblado llamado Kavec…

# EPÍLOGO

Todos somos hijos de Dios. Nada nos distingue ante sus ojos; ni el idioma, ni la geografía, ni el color de piel. Todos descendemos de Adán. Pertenecemos a un solo proyecto de creación y lo que suceda en nuestras vidas —bendiciones o maldiciones— dibujan el trazo de nuestra separación de su fuente.

Si lo deseamos, podemos tomar nuestro punto de partida en el Génesis. El proyecto de Dios no pretendía crear un mundo de calami-dades. La desobediencia primigenia de nuestros primeros padres (Adán y Eva) es la metáfora de esta separación, que ha traído como consecuencia el desvarío de la humanidad.

Nos solidarizamos en la rebeldía contra Dios, la transmitimos de generación en generación (Romanos 5,10). A través del tiempo nos hemos constituido como pueblos grandes o pequeños; como indivi-duos o como naciones: seamos blancos, morenos, negros. Hablemos español, bengalí, francés, alemán, chino, somos hijos de un único Dios, absortos en nuestros propios problemas y dificultades.

Caína Libertad ha sido escrita para recordarnos que mientras más separados de Dios estemos, mientras busquemos en dioses vanos aquello que está en las estrellas, como en las hojas, como en la criatura más pequeña, más divagará nuestro mundo. En casi todas las religiones se presenta a la calamidad como medida de nuestro alejamiento de la fuente divina. Es fundamental recordar que todos estamos conectados a Dios. Todo nos conecta a él, y todos, a su vez, nos conecta entre sí a lo que ha sido creado. Incluso, la ciencia del siglo XXI ha debido aceptar esta conexión, a lo que llamado la matriz divina. Nadie está separado de nadie. El paisaje de terror que vive el mundo representa la proyección de ese alejamiento.

Si analizamos cada aspecto de nuestra vida como si se tratara de un holograma, notaremos que cada partícula describe nuestra conexión con él. Descubriremos con sorpresa que a mayor distancia de su fuente, más vulnerable es nuestro destino y el de todas las especies del planeta.

Caína simboliza esta reconexión. Lo que sufrimos cuando nos ale-jamos de la fuente de vida verdadera. La verdadera libertad será alcanzada cuando regresemos al paraíso: nuestra conexión con la fuerza creadora de todo lo que bulle en el universo.

Mary Jeanne Sánchez<br>Alemania, 2016

Made in the USA
Columbia, SC
23 October 2020